なにものにもこだわらない

森 博嗣

PHP文庫

○本表紙図柄＝ロゼッタ・ストーン（大英博物館蔵）
○本表紙デザイン＋紋章＝上田晃郷

まえがき

座右の銘

かれこれ二十二年以上になるが、作家という仕事をしていると、インタビューや読者からの質問などで、「座右の銘は何ですか?」と尋ねられることがたびたびある。デビューした頃に、何度かこの質問を受けたので、「そうか、座右の銘を決めておかないといけないのだな」と思った。作家たるもの、なにか故事に則《のっと》った言葉なり、気の利いたフレーズを、サインのときにさらさらと書くものらしい。僕はもともとサインをしないし、そういったことに気を利かせるほど人間ができていない。そうはいっても、座右の銘くらいなら決めておけるし、言い訳をするよりは面倒も少ない。たしかに、世渡り的に便利なアイテムかもしれないな、と考えたのである。

そもそも人はどうして、そのように物事をあれこれ決めておくのだろう?

たとえば、好きなものを尋ねられたら、すぐに返答できるように用意しておく、ということだろうか。まるで品揃えの良い商店のような心構えである。そういえば、若いときに雑誌を眺めていたら、複数のアイドルの自己紹介のところに、「好きな色」や「好きな言葉」が挙げられていた。馬鹿な質問を並べたアンケートでも取った結果だろうか。そのときも、僕は不思議に感じた。世の中の人というのは、好きな色を決めているのか、好きな言葉が一つに絞れるのか、という素直な疑問である。

自身を振り返ってみても、そういった「決めているもの」が僕にはない。色はけっこう派手な方が好きで、たとえば自分が乗る車を買うときには、赤か黄色か青（つまり三原色）で選んできた。でも、そのときどきで熟考した結果、たまたまそうなっただけのことで、三原色が好きだと決めているわけでは全然ない。それは車にもよるだろう。その車種によって、似合う色があるように感じる。自分の靴や帽子を選ぶ場合でも、決めている色で選ぶのではない。その靴やその帽子なら、何色が良いか、とそのつど考えるだろう。僕の場合、たまたま黄色が多かったりするけれど、特に黄色が好きだという理由もないし、好きな色と認識しているわけでもない。黄色だって、千差万別で、さまざまな黄色があって、山吹色は好きだが、レモン色は好きではない。だから、「黄色」という名称で好きな色にされたくない気持ちもある。

緩いポリシィ

そういった経緯があったから、僕は色に対して「拘《こだわ》りがない」といえるだろうか。それとも、そのつど何色が良いかと考えるのだから、「拘りがある」と見るべきなのか。

こうなると、「拘る」という言葉の定義の問題になってしまう。この本のタイトルは、わざと漢字を使わず、『なにものにもこだわらない』としたが、これは僕の（少なくとも、ここ二十年間の）座右の銘である。この場合の「拘る」とは、「自分はこれだと決め込む」「一度決めたものに固執する」という意味であって、「拘らない」ことを実行するためには、毎回考える必要がある。だが一方で、「そのつど考える」ということに「拘っている」となると、言葉の意味として矛盾してしまう。

「なにものにも拘らない」を貫き通せば、このルールに拘っていることになるから、それを避けるために、正確には「なにものにも拘らないようにしたい」くらいの緩《ゆる》さを含む必要があるだろう。言い換えると、「ときどきは拘ることがある」という余地を残しておかないと、自己矛盾になって、方針を貫けない。

実は、この点が大変重要なことだと感じている。「ルールを決めない」という方針は、それ自体がルールになりかねない。「なんでも」とか「絶対に」というものを排除する方針なのだから、すべてに例外なく当てはめる姿勢が間違っている、と考える。したがって、「だいたい、こうありたい」という方向性を維持していく。そんな姿勢というか生き方が、僕が望んでいることだ。わかりづらいかもしれないが、本書で諄《くど》いほど繰り返すので、そのうち理解していただけるものと楽観している。

突然小説家になった

僕は、三十八歳のときに、小説家としてデビューした。そのとき、国立大学の教官（当時の助教授、現在の准教授）だった。したがって、国家公務員だ。研究に没頭していたし、これといって職場に不満もなかった。若くして昇進して、このまま定年まで勤める、という人生の線路が目の前に敷かれている状況だったから、ただ怠《なま》けずに日々励むだけで良かった。また、家庭でも、子供二人が小学生で、マイホームを建てたばかりの頃で、まったく順風満帆の時期だった、といえる。

誰一人、僕が小説家になるなんて想像もしていなかっただろう。そもそも、そういったチャレンジをしようと発想さえしないのが、普通だと思われる。

当時を振り返ってみても、どうしてそんなことをしたのか、自分でもよくわからない。ただ、ちょっとバイトのつもりで小説を書いてみた。小説を書く趣味はなかったし、初めて書いた一作だったが、それを出版社に送ったら、それが出版されることになった。その後、十年間ほど、大学に勤める傍《かたわ》ら、小説を書いていた。その時期においても、周囲の誰一人、大学を辞めるとは思っていなかっただろう。辞める理由がないし、辞めるなんてもったいない、と考える人ばかりだったはずだ。そんなふうだったから、僕が「辞めます」と申し出たときには、みんなが驚いた。仕事を続けるのが人々の常識であり、つまりは、大勢が拘っている人生のあり方だったようだ。

僕は、どうだったのか。まず、人がどう思うかということを、僕はほとんど気にしない人間である。それ以外では、ごく普通だと思う。

人の話は聞く方だし、仕事など協力して進める作業では、対立を避け、できるかぎり相手に合わせることにしている。自分の意見を強く主張しない。僕は結婚して今年で三十六年になる。大学には二十五年間勤務した。同じ環境に長くいられたのは、まあまあの協調性がある証左といえるだろう、と思う。

それなのに、突然まったく違う仕事を始め、辞めてしまったのだ。実際、辞めると申し出てから数年間は続けて勤務している。急には辞められない職場の事情があったし、跡を濁さないようにしたかったためだった。

職業に拘りがなかった

僕に特徴的なことがあったとすれば、それはつまり、みんなが拘っていることに僕は拘らなかった、という点くらいだろう。せっかく勤め上げて、業績も挙げて、周囲との関係も構築されてきたのに、僕はそういったものに拘る気持ちがなかった。周囲からの評価が、僕にはあまり影響しない、ということもあったと思う。

常々僕は考えて、いつも自分の好きな道を選ぶ。どうすれば、将来の自分が喜べるか、楽しめるか、と考えて判断をしている。人からどう見られるか、みんなはどうしているか、普通はこうする、これまではこうだった、というようなことに影響されない。否《いな》、影響されないのではない。考えなければ、影響される。そういった既往の圧力に従わざるをえないだろう。現に、世間の人の多くは、周囲の空気を読んで、それに従っているように見える。

子供のときから天邪鬼《あまじゃく》だったから、既成路線を外れるためには、自分の理屈を持つしかなかった。たとえ、それが屁理屈だといわれてもかまわない。自分を納得させることができれば、そちらの道を選ぶことができる。考えることで、空気に逆らうことができるのだ。

そういう意味では、僕は実に「拘り屋」だったのである。自分の理屈に拘った。僕にしてみれば、いろいろなものが既に決まっていて、自分が好きに選べない不自由さがあった。世間というのは、なにもかも「こうしなさい」という「普通」

が定められているように見えたのだ。その選択をすれば、みんなの仲間にはなれるけれど、自分らしさは薄れてしまう。なんとか、それに反発することで、自分に拘った、といえる。

それが、四十歳になって、座右の銘として、「なにものにも拘らない」という言葉を選んだのだから、これまた、自分の本来の性格に反発したともいえるのだ。拘り屋だったからこそ、拘らないようにしよう、と考えた。ある意味では、歳を取って「丸くなった」とも取れるだろう。しかし、そうではない。

作家になったことで、僕はそれ以前に比べて自由になれた。研究者だった頃も、世間一般からすれば自由だったかもしれない。でも、時間的にも経済的にも、それまでは拘束されていた。子供たちも小さかったし、僕の両親も存命だったから、そういった家族にも縛られていた。これは、今流行の「絆《きずな》」かもしれない。絆とは、家畜を縛っておく綱《つな》のことである。

四十八歳のときに大学を辞めた。これは、作家として稼いだ金が、生涯生きていく充分な金額になったからだ。子供たちは成人して独立したし、また両親もその頃に二人とも他界した。ほぼ同時に、作家の仕事も縮小して、半引退のような立場になった。

自由になりたい

なにものにも拘らないから、仕事や家庭にも拘りはない。こうしなければならない、というものを全部取り去って、僕は以前に比べてますます自由になった。そう、拘らないことで目指すものは、「自由」なのだ。

自由というのは、「暇な時間がある」という意味ではない。自由の意味は、「自分が思ったとおりのことを実現する」状況のことである。だから、「明日は一日なにもせず、だらだらと時間を過ごそう」と決めれば、暇な時間を過ごすことが「自由」だといえる。でも、そうするつもりがないのに、暇になってしまうのは、自由ではない。仕事にいかなければならないのに起きられない、躰《からだ》が重い、今日も休んでしまった、という状況は、体調や精神的な重圧に支配されている不自由な状況である。

ストレスは、すべて不自由が原因だといっても良いだろう。そして、その不自由の原因は、知らず知らず、自分が拘っているもの、こうしなければならないという拘束にあるのではないか。自分は、そうしたくはない。でも、なんとなく、それから逃れることができないものに囚われているから、ストレスが生じる。

好きなもので不自由になる

一方で、自分はこれが大好きだ、と思い込むことで、それをしなければならない、という拘束もあるだろう。最初はたしかに好きだった。のめり込んでいた。しかし、あるときからノルマになってしまう。他者と共同で行うようなものは、歩調を合わせる必要があり、責任も生じるから、自分の都合で勝手にやめるわけにはいかない。これも、案外ストレスになる。

「好きだから」という拘りが、いつの間にか自分を不自由にする。僕も、これに陥《おちい》りやすい人間だった。のめり込んでしまい、熱中してしまうからこそ、それを中止することを発想しない。それが躰に負担をかけるだけでなく、自分の自由な思考にも影響を及ぼすようになる。発想の範囲を狭めるのだ。

拘らないようにしよう、と思っていてちょうど良いくらい、人間はなにかと拘ってしまう。そもそも、拘りやすい動物だといえる。否、人間以外の動物でも、案外拘るようだ。犬を見ていて、よくそう感じる。一度やったおやつを覚えていて、何度も要求を繰り返す。あれは拘っているのだろう。

生きることに拘っている？

考えてみると、生き物はすべて「生きる」ことに拘っている。本能的に、それに固執しているはずである。

拘ることは、もちろん必要な場合もある。生きることに拘らなかったら、死んでしまう可能性が高い。必死になって拘らないと、解決しない問題だってあるだろう。しかし、拘ることで、可能性を狭めていることも、実に多い。そこに早く気づき、もっと大らかに、そして自由に考え、自由に生きられないものか、と僕は考える。

ときどきそれを思い出し、いつも考えないと、ついつい拘ってしまう。視野が狭くなるから、気をつけている。思考が不自由になることが、一番の損失だ、と僕は恐れている。

素直で自由に書く

本書では、「拘らない」ことの大切さをテーマにして、いろいろ思いつくことを綴《つづ》っていこう、と思う。論述するつもりはないし、また科学的なもの、統計的なものもまったく調べていない。なにものにも拘らず、僕の頭の中から出てきた言葉だけを、つれづれに書きたい。素直で自由な執筆をしたい。

できれば、本書を読まれる方も、ひとまずいろいろな問題、自分の方針、これまでの人生、人間関係や仕事での立場など、そういったことを忘れて、より抽象的に、そして一般的に、言葉を受け止めていただけると、それがじんわりと、それぞれの方のやり方、生き方に、それなりの役割を多少は果たす展開となるのではないか。そう願っている。

二〇一八年七月　森博嗣

なにものにもこだわらない

目次

まえがき

第1章 「拘り」は悪い意味だった。

第2章 「拘る」のは感情であり、理性ではない。

第3章

「拘らない」なら、その場で考えるしかない。

第4章　生きるとは、生に拘っている状態のことだ。

第5章 新しい思いつきにブレーキをかけない。

第6章 自由を維持するためにはエネルギィが必要だ。

第7章

死ぬとは、死に拘るのをやめることだ。

第8章 拘らなければ、他者を許容することができる。

第9章 優しさとは、拘らないことである。

第10章 拘らなければ、臨機応変になる。

第Ⅰ章

「拘り」は悪い意味だった。

「拘る」は悪い意味だった

辞書を引けばわかることだが、「拘る」という言葉は、本来は悪い意味で使われていた。『広辞苑』には、「1、さわる、さしさわる。さまたげとなる。2、些《さ》細《さい》なことにとらわれる。拘泥《こうでい》する。3、些細な点にまで気を配る。思い入れをする。4、故障を言い立てる。なんくせをつける。」とあった。このうち、3は、良い意味でも使え、現在よく用いられている「拘りの逸品」などの用法の意味だが、ほかはすべて悪い（マイナスの）イメージである。

僕が子供のときには、良い意味での「拘る」を聞いた覚えがない。大人からは、「そんな細かいことに拘るな」とよく叱《しか》られたものだ。否定の命令形である「拘るな」は何度も聞いたけれど、肯定の命令形「拘れ」といわれた覚えは一度もない。

ところが、ある時期から、急に「拘る」が良い意味で響く言葉として広まった。類似のものに、「凝《こ》る」がある。これも、「肩が凝る」のように固くなることを意味していて、本来は不自由な状況を示しているが、「凝った造形」のように、良い意味で使われることが増えてきたように思う。

現在では（特に若者は）、「拘る」ことを悪くは捉えないだろう。自分も積極的になにかに拘りたい、と憧《あこが》れている人がほとんどだ。「拘りの店」といえば、なにかを極めた名店というイメージで捉えるはずである。

このような言葉の意味の転換は、もちろんほかにも例が沢山ある。新しいものでは、たとえば「ヤバい」などが、悪いイメージから良いイメージに使われ方が変化している。「拘る」から連想するものでは、「オタク」がそうだろう。かつては、暗いイメージでしか使われなかったが、いつの間にか明るく、しかも良い意味で用いられる機会が増えた。なにかに拘りを持つ人たちの総称ともいえるから、「拘る」ことが良い印象になったことと関係があるのだろうか。

時代が「拘り」を求めた？

もう少し社会的に考えてみると、貧しい時代には、働くことが第一優先であったから、仕事に支障を来《きた》すような雑事や、個人的な嗜好《しこう》に拘る余裕がなかったはずである。だから、「拘るな」と、もっと足並みを揃えなさい、共通の利益を第一に考えなさい、という注意や指導を受ける。それが、ある程度豊かになったことで、個人の自由を許容する社会になってきた、というわけである。

「伝統」という言葉も類似しているかもしれない。僕が子供の頃には、「古いものにいつまでも囚われていてはいけない」という風潮が大勢だったが、最近では、「伝統は継承していくべきである」との意見が多数派になり、むしろ優先的に、大切に守るべきものとなった。これも、社会が豊かになったことで、「拘る」の変化と方向性が一致している、といえるだろう。

ただ、そのイメージの反転が、あまりにも極端すぎるのではないか、と僕は感じている。この本では、「拘らない」ことの大切さを述べていくが、「一切拘るな」という主張をしたいのではない。「伝統など打ち壊せ」というつもりも毛頭ない。

そうではない。守るべきものもあるし、新しくしなければならないものだってある。それぞれ、そのときどきで、評価をして判断すれば良いし、また個人それぞれで、自分の考えに従って判断すれば良いことである。

ただ、「伝統だから守らなければならない」という頑《かたく》なな主張には、無理があるのではないか、とは感じる。多くの場合、「伝統」という言葉に、ひれ伏している感じにも捉えられる。同様に、「拘り」さえあれば良い、というわけでもないだろう。最近は、「拘る」ことがあまりにも美化されすぎている嫌《きら》いがある。「拘る」が、これほど良いイメージになった理由は、画一的なものから、多様なもの、個性的なものへ目を向けるようになったためだ。「ゆとり」というものを持とう、と大勢が動いた。その変化自体が、これまた画一的であるけれど、方向性としては間違っていない。画一的になりがちなのは、空気を読む日本人の気質によるもので、これは一朝一夕に改まるものではないだろう。

個性に拘る時代

それぞれが自分の好きなものに拘る、という意味では、画一的ではない。みんながばらばらになったのだから、多様化し、個性も育ち、それを重んじる世の中になった。ただ、ここで登場するのが、一度拘りを持ったら、それを持続する方が良い、という姿勢である。

これは、古来あったもので、日本人の美学の一つだった。「一途《いちず》」であることが重んじられ、「一所懸命」という言葉もある。なにか一つのことに打ち込む。

複数のものに手を出してはいけない。自分はこれと決めたら、まっしぐらに進め、という教えが昔からあったため、最近になって多様化しても、その個々のものが定着したあと、やはり固定化される傾向にあるのではないか。

つまり、個性に拘っている状況である。せっかく自由にそれぞれの方向へ散ったのに、それぞれが自分自身の拘りに囚われて、不自由になってはいないだろうか。そのあたりの拘束感については、またのちほど述べたいと思う。

趣味に拘る若者

個性が尊重される世の中になったとき、それから取り残された人たちも多い。バランス良くなんにでも手を出し、他者との協調を第一に生きてきた前世代の人たちがいる。その世代の両親に育てられた子供たちは、大人になるまで個性的であることに抵抗を持っている。特に、都会ではない地域において、そのような風潮が強く残っているかもしれない。大人になって都会に出てきて、ふと気がつくと、周囲から「趣味は何ですか?」と尋ねられたりする。なにかに拘ることが、人間の魅力として捉えられ、みんながそういった話題で持ち切りである。そんななかで、自分は何に拘れば良いのか、と不安になる。特にスペシャルなものを持っていない。人に誇れるような趣味がない。

もちろん、そうした人たちを誘うように、さまざまな趣向を凝らしたビジネスが待ち受けている。だから、そういった方面で金と時間を使えば、インスタントな拘りを持つことは可能だ。ただ、インスタントだけに長続きしない。つぎつぎと流行を追うように、拘るものを取り替えていくうちに、本当に自分はそれが好きなのか、金をかけたけれど、一時の楽しさだけしか得られなかった。一生の楽しみになるようなものがない。そんな贅沢な悩みを抱えている人たちがいる。そんな相談をときどき僕は受ける。いつ頃からだろうか。

大学の教官をしていたので、若い世代とのつき合いがあるし、年々入れ替わって、新しい人たちがやってくる。就職の相談を受けることから、人生設計などにも話題が及ぶ。僕自身が、(人にはあまり話さない方だが)マニアックな趣味を持っているためか、そんな話題を若者の方から持ちかけてくることがたびたびあった。彼らは、なにかに拘りたい、拘りを持つこと、そんな生き方に憧れているのである。

拘る対象は過去

子供や若者は、まだ自分のものを築いていない。好奇心が旺盛であるのも、なにか自分で築き上げたい欲求があるからだろう。築くためには、まず外界のものを自分の内に取り込む必要がある。それは、知ること、学ぶこと、身につけること、鍛錬することなど、いろいろなスタイルを取るが、こうした取り込みの過程において方法論が整備され、また、結果として築かれたもの、なかでも成功を収めたものが、外界から評価を得ることになる。築かれたものとは、それぞれの人の作品であり資産であり、社会では、それらが文化となり、文明となる。

こうして、人は一人前の大人になり、年齢を重ねていくことになるが、しだいに築こうとするベクトルは弱まってくる。好奇心も、それに応じて衰える。何故なら、既に自分が築いたものが、存在しているからだ。これからなにか凄いことをしてやろう、とは考えない。これまでにやってきたこと、成功してきたことを持ち出し、それを応用して対処するようになる。

せっかく築き上げたものだから、大切にしたいし、もっと活かしたい。これがすなわち、自身の過去に拘る行為となる。ここで顕著なことは、拘る対象が「過去」のものだという点だ。

過去には、失敗も成功もあった。失敗に拘る人は、それを恐れ、二度と同じことがないように、と身構えている。また、成功に拘る人は、同じ方法でもう一度良い思いをしたい、と考えるし、そういった知識を体系化し、方法論が一般化される。人類はこうして文明を発展させてきたのだから、「拘る」ことは人類の発展の要《かなめ》であったともいえるだろう。

言葉に拘っている

しかしながら、ものには程度がある。「拘る」という言葉も、もともとその程度が過剰であるとの意味を含んでいるはずだ。過去の失敗に学び、成功をときどき思い出して元気を出そう、という程度ならば、たしかに利があるだろう。だが、「拘る」とは、度を過ぎて、過去に執着することだ。失敗をいつまでも引きずり、新たなチャレンジができなくなったり、逆に成功の上に胡座《あぐら》をかいて、自慢ばかりに明け暮れたりしていては、その後に待っているのは「停滞」でしかない。周囲からも煙たがられるはずである。

そもそも、人は何に拘るのか、と考えたとき、最初に僕が思い浮かべるのは、「言葉」である。なにかに拘っている人は、結局は言葉に拘っているように観察される。

たとえば、なにかのコレクションをしている人の場合、たいていは、その名称のものを集めている。猫に関するものを集めた店などでは、猫がいるわけではなく、「猫」という言葉が集められていることが多い。映像としての猫、というならば動画や静止画が含まれるけれど、それらは既に猫という動物ではない。多くの人が、それに気づかないのではないか。

僕は、犬も猫も大好きだが、犬や猫の絵が入ったTシャツならなんでも着たい、とは全然思わない。また、犬も猫も、可愛いと思えるものと、全然可愛くないと思えるものがいる。僕が大好きなのは、(僕が)可愛いと思えるものに限られる。それに、可愛いと感じられるものなら、べつに犬や猫に限定される必要もない。熊でもパンダでもラッコでも良い。ただ、犬や猫のように身近ではない、というだけのことだ。したがって、「僕は犬が大好きです」と言葉にした途端に、どうも嘘っぽく感じてしまう。

言葉に対する妄信

「森博嗣は鉄道模型が趣味だ」とあちらこちらに書かれている。たしかに、僕は鉄道模型を作り、それで毎日遊んでいる。しかし、僕が作る鉄道模型は、普通に皆さんが認識しているＮゲージやＨＯゲージではない。もっとずっと大きくて、重いものは百キロもある。庭に線路を敷いて、それを走らせ、僕はそれに乗って運転している。また、僕が作る鉄道模型は、実在の鉄道車両を縮小したスケールモデルではない。僕は自分が好きな形を自分で考えて作っている。これが、僕の自由だと感じているからだ。僕は、実物の鉄道にはまったくといって良いほど興味がなく、ここ数年鉄道に乗ったことさえないほどだ。したがって、鉄道に関する雑誌も読まないし、それが好きな人たちと話をする機会もない。

僕は、ラジコン飛行機も作って、ときどき遊んでいる。僕にとっては、庭を走る鉄道模型とラジコン飛行機は同じジャンルのものである。両方やっていると、「多趣味ですね」といわれることがあるが、それは、たまたまその人のジャンル区分で両者が分かれているだけのことで、僕にとっては同じ一つの趣味だ。それどころか、僕は模型の工作と文章の執筆が、ほとんど同じ趣味だと感じている。

創作するという意味で、同じなのだ。模型店でNゲージの車両を選んで買うことは、僕の趣味からはほど遠い。

コレクションというのは、一般の人に理解されるジャンル、つまり同じ言葉で呼ばれるものを集める行為のようである。僕は、自分の好きなものを集めているけれど、それらは、同じ言葉で呼べない（せいぜい「がらくた」くらいが良いところだ）。だから、僕はコレクタではない。たとえば、僕の場合、「コンプリート」する概念がない。ジャンルを決めないし、集めるものの範囲が決まっていないから、集め尽くすことはありえないのである。

僕から見ると、ほとんどの「拘り」は、この「言葉」の拘りなのだ。日本人の固有の傾向とは思えないものの、日本人が特に強い言葉信仰を持っていることは、よく指摘されるところである。縁起《えんぎ》を担いだり、逆に縁起が悪いと忌《い》み嫌うのも言葉だ。言葉は、実現象を記号化したもの、つまりはデジタルであるから、オン・オフの区別をつけやすい。わかりやすいものだから拘りやすい、という道理だろうか。

「拘り」の本質は省エネ

言葉は、たしかに他者に伝達するときは手軽だ。日本人は、だいたい同じ言葉が通じる人たちで構成されている。一言で相手に自分の気持ちが通じると思っている人が多いけれど、実は、言葉を各自がどう受け止めるかという点(つまり、言葉の定義)で、確実にずれがある。そのずれを問題にせず、あくまでも言葉に拘る、というのが日本人の特徴ではないか、と思われる。

言葉に拘る人は、名称に拘る。ラベルに拘る。一度レッテルを貼れば、それですべてが整理された、目標がはっきりとした、と安堵《あんど》する。どういった範囲が、そのラベルに含まれるのか、ということはあまり気にしていないように窺《うかが》える。

では、何故そこまで言葉に拘るのか。

それは、言葉にしてしまえば、その対象のぼんやりとしたわかりにくさから解放されるからだ。名前がない状態では、いちいち状況や特徴や経緯など、すべてを説明しなければならないし、ずっと観察し、ずっと評価し続けなければならない。それには頭を使う。自身のエネルギィ消費の観点から望ましくない。だから、ずばり言葉で決めてしまいたい。そうすれば、あとは、その言葉がすべてを代表することになる。言葉を繰り返し、その言葉を実現するだけである。

この省エネの精神こそが、「拘り」の本質だろう。拘ることで、その後の思考、判断、評価、観察など、諸々の作業を省くことができる。これは開放感に似た陶《とう》酔《すい》をもたらすだろう。一度「これだ」と決めてしまえば、それに拘り続けるかぎり、ほかのものに注意を向ける必要がない。だからこそ、「これでいける」というものを早く手に入れたい。それが、生き物として、生きやすく、効率の良いやり方、というわけである。

「拘り」とは「考えないこと」

そうなると、僕が子供のときに、大人から「あなたは拘り屋だ」といわれたことと、少しずれているように思われる。僕が拘ったのは、納得がいくまで自分で考えたい、という拘りだったからだ。僕は、考えたかったのであり、考えたくないから拘ったのではない。ここが大きく異なっている。

この本で、「なにものにも拘らない」と書いているのは、自身の納得のために考えることをやめるという意味ではない。それではまるで反対だ。

子供だった僕が「拘り屋」といわれた当時は、「常識に逆らうような個人主義」が「拘り」と捉えられていたのかもしれない。今、僕が書いているのは、その「常識」のような「決めつけ」「思考しない判断」こそが、拘りだということである。

かつては、みんながほぼ同じものを目指す社会だった。そういった場では、空気を読むことが一番大事であり、個人の理屈は排除された。そのため、「拘る」ことが悪いイメージだった。今では、それが逆転し、それぞれの個性が重んじられる社会になったから、「拘る」ことが美化されている。

けれども、ここでまた、日本人は「言葉」に拘ってしまい、「拘り」は無条件に良いことだと決めつけている感が強い。そうではなく、「考えないこと」がいけない、それは個人の利益を損なうどころか、あるときは危険でもある、ということを再認識していただきたい。そのあたりのことを、以後、もう少し詳しく書いていこうと思う。

第2章

「拘る」のは感情であり、理性ではない。

「感情」による「拘り」

拘ることとは、決めつけることであり、考えないで済ませようという「省エネ」対策だ、と前章で書いた。だが、そういった理屈を各自が持ち、合理化を目指している、というわけではない。考えることを、億劫《おっくう》なこと、面倒な作業だ、と「感じて」いるからにすぎない。つまり、「毎度あれこれ考えるなんて、嫌だな」という気持ちからであって、それは理屈ではなく、感情的な判断なのである。

すなわち、「拘り」とは感情であり、理性ではない。ここが、前章でも書いたように、「自分で考えたい」という拘りが例外的だといえる理由だ。理性とは考えることであり、感情は考えないこと、ともいえるので、直観的にも理解いただけるところだろう。

頑《かたく》なになにかに拘る人をよく観察すると、これがわかる。こちらが理屈を持ち出しても、まったく聞く耳を持たない。それに拘る理由を尋ねて、議論に持ち込もうとしても、理由などないから、話にならない。とにかく、自分はこれに決めている、これまでずっとこれでやってきたのだ、という主張を繰り返すばかり。これが、典型的な「拘り」であって、自分が決めた道筋を押し通そうとするから、新しいものを受けつけないし、良いも悪いもなく、判断しようともしない。歳を取るほど、こういった頑固者が増えるように観察されるが、いかがだろうか。「感情」によって拘っている、と聞くと反論される方も多いことと想像する。自分はちゃんと考えて、幾つかの理由でこれを決めたのだ、と。そういった拘りは、僕も「良い拘り」として認めたい。けれども、条件は変化する。それを決めた時点では、正しい判断だったかもしれないが、今はそうではなくなっている可能性がある。

また、自分が決めたことが、他者にそのまま当てはまるとは限らないから、自分の拘りを他者に押しつけるのは避けた方が賢明だ。そうなると、外部に向けて主張しない拘りになるから、他者から「拘りがある」とは認識されないことになり、そもそもそういった反論の必要もないはずである。

「拘り」は理屈を見失う

僕が「拘りは感情的だ」と書いたのは、外部に対して主張するときの頑なさに、主な原因がある。密かに拘っているならば、きっとそうはならない。理由があるならば、理由を述べて、議論をすれば良いことだ。理由では論破できないから、感情的に拒否する以外になくなるのだろう。自分のことならば、議論する必要もないが、他者に影響するようなものは、複数の人で判断する必要がある。そんな場合には、「私の気持ちはこうだ」と述べる程度にして、拘りを持ち出すのはフェアではない。あくまでも、理屈で議論すべきだ。人は、感情では他者を説得できない。説得するには、必ず理屈が必要なのである。

感情的になるほど、人は理屈から離れてしまい、理屈を見失う。理屈がなくなれば、ますます凝り固まった状態に陥る。まるで、なにかに取り憑《つ》かれているように他者からは観察される。自分では「拘り」だと思っていても、端から見ると、宗教か洗脳か、という危うい状況にも見て取れることになる。そうなると、個人の人格までも疑われることにつながるから、ほかの意見も聞いてもらえなくなり、しだいに立場を失う状況に陥るかもしれない。

議論とは、自分の意見に拘らず、できるかぎり公平に理屈を語り合い、お互いの立場を認めて、両者の利益を順当に分ける結果を探る行為である。これは、民主主義の基本的な理念であり、現代社会は、だいたいこれに則《のっと》っているはずだ。

平和がもたらされるのも、この議論を尊重する姿勢によるところが大きい。両者が自分の利益に最後まで拘れば、暴力的な解決しかない、という選択に行き着く危険性がある。これは、歴史が証明しているところだ。

固執することのデメリット

感情というのは、理屈抜きで、つまりは好き嫌いで物事を判断しがちだ。しかし、自分の好きなことに拘るのは、感情的であっても良いのではないか、と思われるだろう。これは、そのとおりだ。特に、自分だけが関わる範囲ならば、議論の余地はない。

しかし、他者に影響を及ぼすような判断においては、まったくそうではない。たとえば、ビジネスにおけるさまざまな方針の決定には、感情的な拘りは障害以外のなにものでもない。理屈というのは、一般的な傾向を理解したうえで未来を予測するものであり、ビジネスのチャンスは、期待値が大きいものを選択することで得られる。頼りになるのは、拘りや伝統ではないし、好みや勘ではない、ということである。

だから、よく聞かれる「拘りの商法」というのは、その大部分が失敗し、同系列のものが潰れてしまったから、残った少数が小さな一時の成功を収めた、という結果にすぎないだろう。もしも、なにかに拘るのであれば、それなりの理屈がやはり必要だということである。理屈が他者を説得するし、その理屈が話題となって広がり、また消費者を呼び寄せることにもつながる。

頑なに伝統を守り続ける、というキャッチフレーズもしばしば聞くところだが、それだけ長い年月にわたって受け継がれ、残ってきたものには、なにかしらの価値があるのだろう、という理屈があるから、その点でアピールする。ただ、頑なに拘っていることが重要なのではない点に注意する必要があるだろう。

なにかに固執することのデメリットは、より良いものを求める努力を放棄している点にある。古いものに拘ることで、新しいものを取り入れなくなり、それに伴うチャンスを得られなくなる。昔はなかったものが、今はあるかもしれない。かつては不可能だったものが、この頃では可能になっていたりする。技術的なことも、人々の感覚も、すべての環境は刻一刻と変化しているのだから、いくら良いと信じたものであっても、それを守り通すことが最善だという保証はない。常に、その確認をするべきだろう。拘るというのならば、そういった比較を常に行い、試し、確認する努力に拘ることである。

それはつまり、これだと決めて、以後考えないのではなく、常に考え続けるということと同じである。一度、小さな成功を達成すると、人はそれを信じ、それに縋《すが》ることで、あとは楽をしよう、という方向へ流れがちである。こんなに努力して手に入れた成果なのだから、あとはこれで稼《かせ》がせてもらおう、となって、立場を維持し、手法に拘ることになる。だが、その人を成功に導いたのは、その手法ではなく、それを編み出すための試行錯誤と努力の姿勢だったのだから、成功したあとも、むしろ成功したからこそ、引き続き同様の切磋琢磨が必要である。

好奇心は、「拘り」の反対

物事を維持するためには、エネルギィが必要だ。あらゆる生物は、成長するときだけ栄養が必要なのではない。成長したあとも、生き続けるためにエネルギィ補給が不可欠である。

拘るためには、それ以前になんらかの経験が必要だ。生まれたばかりの赤ん坊がなにかに拘りを持っているとしたら、それは本能的なものだけである（生き物としての拘りについては後述しよう）。

衝撃的な体験があり、多くの場合、自分が選択したものが、自身に利益をもたらした。利益というのは、気持ちの良いものすべてのことだ。ここで、同じ経験をまたしたい、と学習して、以後その選択したものに拘ることになる。物体であったり、手法であったり、その形態はさまざまだが、少なくとも自分で、それだと判別できる記号化が必要である。ここが、「言葉」に拘る結果を招く。

ところで、子供というのは、好奇心が旺盛であり、新しいものに飛びつく。また、学習能力がずば抜けている（たとえば、言語を身につける速さは驚異的である）。こういった好奇心や学ぶ速度というのは、明らかに「拘り」がないことに起因している。一見、好きなものに拘っているように見えるかもしれないが、どんどん自身が変化（成長）することが面白い、あるいは楽しいと感じているので、ある状態に留まろう、立場を維持しようという拘りは持っていない。

好きなもの、面白いものに惹《ひ》かれるのは、感情的な反応だろうか。それよりも、空腹を満たすのと同じような、本能的な欲求に見受けられる。ただ、それは知的欲求であり、将来は個人の知性を築くものとなる。その意味では、理性の芽生えのような現象とも取れる。

好奇心が、文明を築いた

人間の頭脳は、最初はなにもデータがない。生まれたあと、その空っぽの領域にデータが記憶されていく。そういった行為を「したい」と欲するのは、データが蓄積された状態がより安全な生命活動を実現するからだ。したがって、その要求の強い遺伝子を持った個体が、多く生存して、今の傾向となったのだろう。

人間の頭脳の容量はとても大きく、その大部分が使われていない、という話をよく耳にするが、実際問題として、歳を取り、知識や記憶が増えるほど、物事を覚えにくくなる。これは誰もが自身を振り返れば実感できることだ、と思われる。つまり、使っていない領域があるとはいえ、実際には取り込んだものでいっぱいになり、それ以上入れたくない、といった感覚に見かけ上なる。そして、既に取り込んだものに拘り、新しいものを無条件に拒否しようとする。それが年寄りに見られる頑固な態度の理由ではないだろうか。

子供の好奇心は、知識がまだ少ない頭脳が、自然に活動する傾向とでもいえるものであり、言い換えれば、周囲のなにもかもが新しい状況で生じる。人は、本来新しいものが好きなはずである。ほかの動物よりは好奇心が旺盛で、既にあるもの、知っているものでは満足できない。これまでにないものを欲しがる。そういった探求が人類の文明を築く原動力となっていたはずだ。

もっとも、すべての人間がそうだったかどうかはわからない。歴史を振り返ると、少数の天才が画期的な発想による新しい概念を生み出してきた。残りの大勢は、その成果を素直に享受しただけである。ただし、新しいものを素直に受け入れる性質もまた、人間に特有のものではないか、と思われる。動物を観察していると、幼い頃はなんにでも興味を示すが、大人になると新しいものに見向きもしなくなるようだ。人間も、年寄りになるほど、そういった人の割合が増えてくるけれど、社会で活躍する年齢のうちは、ある程度は新しいものに対して敏感で、それらを自分の生活に取り込む意欲を持っている。新しいものは、ただ新しいというだけではなく、なんらかの利点をもたらす。それを知っていたり、所有したりすることが、周囲に対してもある種の有利さを生み、あるときはステータスになるからだ。

「拘らない」は「忘れる」に近い

さて、拘ることは感情的な行動である、と書いてきたが、この新しいものを素直に受け入れない理由というのも、確固とした理屈があるわけではなく、やはり感情的なものといえる。ただ、すべてがそうだとはいえない。理由があって、新しいものを拒否する場合もある。

新しいものが、大勢に受け入れられると、社会的な「流行」となる。大勢がそのグループに入り、すなわち多数派になる。こうなると、取り残されてはいけない、といった不安から、大勢の動静に従う人が増え始め、さらに流行が広がることになる。これは、素直に受け入れたといっても、ただ空気を読んだだけであり、古いものから新しいものへ移行したといっても、ただ「流された」だけにすぎない。理屈もないし、新しさに憧れたわけでもない。これに比べ、自分にはそれは必要ない、と新しいものを取り込まない人の方が、実は理屈を持っているわけで、考えて判断していることになる。この場合は、拘っているわけではなく、単に考えたうえで選択しなかっただけのことだ。

「拘る」とは、やはり理屈がないこと、議論もせず拒否すること、と考えてもらってまちがいがない。だから「感情的」だといえる。自分の拘りは感情的なものではない、といいたい人は、それに拘る理由をきちんと理屈で発信し、他者を説得する必要があるだろう。そうでなければ、拘ることを表に出さない方がよろしい、となる。

ところで、ここまで何度も「拘らない」と書いてきたが、「拘る」の反対の意味の言葉はないのだろうか。拘らないことを別の言葉で表現すると、どうなるだろう。ずばり適当なものがないから、「拘らない」と否定形で書いているというわけでは必ずしもないことを、少しだけ説明しておきたい。

「拘らない」と同じ意味の言葉として、「自由にする」「素直に考える」「思い込みをなくする」「決めたことを一旦忘れる」などを思いついた。皆さんはいかがだろうか。僕が最も自分でイメージしている「拘らない」に近い動詞は、最後に挙げた「忘れる」である。しかし、「なにものにも拘らない」は、「なにものも忘れる」と言い換えることはできない。これは、論理学の問題になる。

「忘れる」は実行できない

拘らない、とは、拘ることをしない、という否定であるが、「なにものにも拘らない」とは、論理的には、「なにものにも拘る」の否定ではない。ここは注意が必要だ。また逆に、「なにものにも拘る」の否定は、「すべてに拘るわけではない」になる。

実は、「なにものにも拘らない」という、この本で掲げたポリシィは、若干誇張された表現であり、実際には、「すべてに拘るわけではない」という部分否定の意味合いが含まれている。これは、「まえがき」でも少し書いたとおり、自己矛盾を避けるためだ。

それが、「なにものも忘れる」と反対（だと僕が思う）の意味の動詞を使うと、より際立ってわかりやすくなる。もちろん、「なにものにも拘らない」という言葉の意味は、「すべてに拘らない」だから、「すべて忘れる」と同意であるけれど、意訳的に、あるいは解釈的に僕がイメージしているのは、「百パーセント拘るような拘り方はしない」に近い。

そもそも、「すべてに拘らない」という行為を完璧に実行することはできない。

完璧に実行すれば、「すべてに拘らない」ことと矛盾するからだ。したがって、僕の解釈は、「なにものにも拘らないためには、ときどき少しくらいは拘った方が良い」というものである。

「なにものも忘れる」が近いと感じるのは、「忘れる」という行為自体が、実は完璧にはなしえないものだからである。「それは、一旦忘れましょう」といったとき、本当に忘れるのではないことに表れているだろう。

人間は、自分の意思で、「はい、今から忘れます」と記憶を消すことはできない。「忘れましょう」というのは、それがなかったことにする、一時的にそれを棚上げにする、現在の立場ではない別の視点から考え直す、自分が体験したことに関わらない客観的な判断をする、といった意味合いであり、そもそも完全に実行することは不可能だが、できるかぎり、そうなるように努める、という姿勢を前面に打ち出したもの言いなのだ。

何が正しいかを考える

拘ることは、感情的であり、それはすなわち主観的である。だからこそ、自分という唯一の視点を離れ、別の立場に立ったつもりになる、そういう想像をする、あったことをなかったことだと考え、逆に、なかったことがあったかもしれない世界をイメージして考える、そんな思考の自由度を最大限に活かそうとしている。それが「なにものも忘れましょう」という真っ白な状態なのであり、実際には不可能だけれど、そうなったつもりで、考える姿勢を示す。

さきほど、子供の頭脳には、まだデータがなく、空っぽの空間が広がっている、と書いたが、そのとおり、頭を真っ新《さら》なノートみたいにして、現在目の前にある問題を、客観的に捉えて考えよう、ということである。

面倒そうなことを書いたけれど、考えるときに、ちょっと思い出して、自分が囚われているもの、既存の概念、社会の柵《しがらみ》、人間関係など、自身を縛《しば》っている存在を、一旦すべてがなかったものとして忘れる。そのうえで、何が適切であるか、何が最善であるか、何が理想であるか、と考える。そこで弾き出される答が、問題の一つの解となる。

もちろん、忘れていた各種の条件が、その解の実行を阻《はば》むかもしれない。しかし、何が正しいのかをまず考えることが、非常に重要である。それがあれば、議論ができ、相手にこちらの意見を理屈で述べることができる。

次に、その理想の実行が現実的に難しいのは、何故なのか、という問題になる。それは、相手や組織や社会が、なにかに拘っているからだ。こちらは、拘りを忘れて正解を導いたのだから、議論をする途上で、「本来はそうかもしれない」といった部分的な理解を相手から得ることができるだろう。それがとても重要である。最初から、条件に合わせ、実現することだけを考えていては、結局はすべてに囚われる。人間関係や慣例に囚われる。常識に囚われる。些末な事項に囚われる。その結果、なんの変哲もないいつもどおりの判断になるだろう。議論をするのも無駄なほど代わり映えがせず、なにも生まれない。しかたがない、今までどおりで行くか、となるしかない。そういうジレンマに多くの人、多くの組織、ほとんどの社会は染まっているのだ。新しいものは、そこからは生まれにくい。

新しいものを恐れる人々

驚いたことに、大多数の人たちは、新しいものが生まれることを恐れてもいる。代わり映えのしない関係が長続きすること、現在のやり方で繰り返していける状況を望んでいる。いわゆる「恙《つつが》なく」過ごしたい。特に、一旦ある程度の仕事を覚え、ある程度の立場に就いた人は、もう波風を立てたくない。新しさなんかいらない、と考えている。だから、安穏とした平衡状態を乱すような異分子を、阻止しようと立ち回るだろう。これも、典型的な「拘り」である。新しいやり方を採用すれば効率が上がる、やるだけの価値がある、と理屈を述べても、「面倒なことをいうな」と感情的に反対されてしまう。まさに、年寄り的な頑固頭といえる。

少し言い方を変えれば、「保守的」といえる。今のままで良い。現状を維持することに労力を投じるべきだ。新しいことに挑むのは、少なからず危険が伴う。議論に持ち出すとしたら、そんな「未知の危険性」だろう。だが、古いものに固執することで、社会の流れに乗り遅れる失敗も数多い。拘ることの危険性を意識していない人が、世の中には意外に多いのである。

なにも、ただちに古いものを破壊しろというわけではない。新しいものを試してみるだけ、少し調べてみるだけでも良い。どんなものか勉強するだけでも価値があるだろう。そうすれば、いざというときにリスクはそれだけ小さくなる。だが、そういった議論も無駄だ、と突っぱねるのが拘る人の特徴といえる。

改憲反対と原発ゼロ

ここで思い切って、具体的な例を挙げてみよう。一つは、憲法に関する議論、もう一つは、原発に関する議論である。どちらも、「改憲反対」「原発ゼロ」と声高に叫ばれているのを見かける。これらは、明らかに、現在の憲法に拘り、原発廃止に拘る姿勢である。憲法について議論をすることを拒否しているし、原発に関しても、その可能性を探るようなこと、あるいは原子力発電の技術を研究することさえも否定している。非常に潔《いさぎよ》い姿勢である。

僕は、政治的な立場でこれを書いているのではない。そこは誤解しないようにしていただきたい。ただ、どんなものも議論をし、理屈を戦わせ、お互いに意見を交換することが必要だ、少なくとも有意義だと考えている。そういった議論によって、将来進むべき道を探り、できるかぎり大勢が納得できるような方針を決める。それが正しいと僕は考える。であるから、議論もしない、絶対に廃止だ、という主張は、感情的な頑なさとしか受け取れない。

もちろん、憲法改正や原発推進を主張する気も全然ない。正直なところ、僕自身の立場は、いずれも五分五分に近いものだ。ケースバイケースだろうと思う。憲法であれば、どのように改正するのか、というディテールがわからないし、その点をもっと詰めて、それによって賛成にも反対にもなりそうな気がする。原発についても、エネルギィ事情や環境問題、それに個々の発電所の立地や技術的対策によって、やるべきか、やめた方が良いかを判断するべきだと思う。それをしないで、賛成か反対か、と立場を決めることはナンセンスだと考えている。これが、この本のテーマでもある、「なにものにも拘らない」ポリシィに近いスタンスである。

ちなみに、改憲は絶対反対、原発は問答無用でゼロにしろ、というのは、拘り以外のなにものでもない。明らかに「保守」である。これを訴えている政党が、「革新」だとはとてもいえないと思う。僕は、これまでの選挙で、いつも政権政党以外に投票してきたが、いつの間に野党が保守になったのか、と近頃は不思議に感じている。学生と話をしても、「革新」というのは、改憲をしたがっている自民党のことだと理解している人がけっこういる。たしかに、「改革」とポスターにいつも大きく書かれている。つい、このまえの「リベラルを排除」というのも驚いた。僕は、リベラルとは自民党の派閥のことだと認識していたからだ。

他者を説得するつもりはない

話題が逸れたが、本章で書きたかったことは、言葉を信仰するごとく、頑なに姿勢を変えない「拘り」は不毛だ、ということだ。

否、それはいいすぎ（書きすぎ）かもしれない。

たとえば、「神を信じている」という人はいるし、それには理屈はもちろんない。だから、理屈がないものは、すべていけないものだ、ということでは全然ない。感情がいけないと書いているのでももちろんない。僕が、そういうものに囚われたくない、という個人的意見にすぎない。

人はそれぞれ自由であるから、なにを信じようと勝手である。だから、なにに拘っていても悪くはない。そういった拘りや、拘る人を非難しているのではない。理屈はなくても信じている、つまり一種の宗教なのだと見なせば、宗教の自由は憲法にも記されている基本的人権だから、僕が否定したところで、傷一つつかないだろう。

僕は、なにものにも拘らないようにしている。だから、誰がなにに拘ろうが、僕の知ったことではない。僕は、人の拘りにまで意見をするほど拘らない。そうではなくて、自分が拘らないようにしたい、ということ。たまたま今は本を書いて、大勢に訴えているような具合になっているけれど、これは僕が作家という職業に就いているから、こうなっているだけのことで、僕自身が書きたくて書いているわけではない（事実、このテーマで書いてくれと依頼され、それを引き受けた結果である）。

僕の考えだが、仕事というのは、なにか自分にとってマイナスの行いをすることで対価を得る行為である。辛《つら》い、疲れる、恥ずかしい、面白くないといったことを買って出るから賃金が得られる。その交換をする行為だ。誰もが自分でやりたい、と思うことだったら、他者に頼んだりしない。僕は、なにものにも拘らないようにしているわけで、特に自分以外の人になにかを訴えかけるような行為には消極的である。みんな自由に、自分の好きなように生きれば良い。自分が正しいと思うことをすれば良い。自分の意見を押しつけるようなことは、僕はしたくない。そういった行為は恥ずかしいことだ、と僕は認識しているからだ。しかし、今は作家という仕事をしていて、仕事の依頼を受ける。出版社は、僕の本を印刷して売り出す。そこで利益が出ることが、僕の仕事の目的である。そうなると、自分が恥ずかしいと思っても、書いた方が商品価値が出ることがある。そのあたりは、きっちりと割り切れるものではなく、最終的にはバランスだと思っている。今、ここで書いていることは、僕の主張ではない。僕はこう考えています、というだけのこと。書いている理由は、賃金が得られるから。飾らずにシンプルに書いた。その方が誤解が少ないだろう、と期待して。

両極端には立てない

拘らないから、自由でいたい。しかし、なにものにも拘らないことを完璧に実行する最も良い手法は、死ぬことである。死んでしまえば、もうなにものにも拘ることがない。すべてが真っ白になるだろう。

人が生きるというのは、その究極の選択を避け、百パーセントとゼロパーセントの間でバランスを取ることなのである。つまり、シーソーの中央に立って、どちらへも極端に傾かないように揺れている状態、その不安定な立場が、生きているという意味だ。

夏目漱石の『草枕』の冒頭は、「智に働けば角が立つ。情に棹《さお》させば流される」とあるが、拘って理想を貫けば角が立つし、拘らず静かに生きれば流されるというわけである。僕は、夏目漱石の作品は好きではない。でも、僕はそういった自分の好みにも拘らないので、思いつきで引用してみた。結局は、生きていくうえで大事なことは、この思考の身軽さのようなものではないだろうか。

第3章

「拘らない」なら、その場で考えるしかない。

「拘り」がないと生きていけない?

「拘り」は、省エネルギィであり、生きていくうえで有利だ、と比較的若いときに学習した結果だ。生き物は、生まれたあと、環境に順応しようとする。特に動物は、周囲の事象を観察し、自分の身を守るために危険を避ける。本能的な選択だが、「生きる」ことに拘っているように見える。まるで取り憑かれたように、自分の命を必死になって守ろうとする。「必死になる」が、そもそもその意味だろう。

これは好ましいもの、これは危険なもの、と学んでいき、個人の頭脳に「拘り」が蓄積される。この拘りが正しく作用すれば、生き長らえることができる。ただ、生き物は最後は必ず死んでしまうわけだから、結局は生きている時間、拘り続ける時間が少し長くなるだけの話ではある。

「なにものにも拘らない」というポリシィを貫こうとすると、そういった学びを忘れることに等しいので、場合によっては、生きていくうえで不利になる。この点について、本当に大丈夫なのか、と疑問を持たれた方もいらっしゃるだろう。

たしかに、そこまで生き方を忘れてしまっては、危険な状況に遭遇するかもしれない。本来、生きるというのは、生に拘ることであり、すべてを忘れようと意識しても、生きていることに喜びを感じ、また死に対峙しては自然に悲しみを感じるだろう。これはもう、しかたがないことだと思われる。生まれながらに設定されているプログラムだ。生き物とはそういうものである。

物事を客観視する

だから、「拘らない」といっても、そこまで根本的な完璧さを求めるのはどだい無理なのである。このあたりが、「百パーセントではない」と前述したことにつながる。完璧を目指すのではなく、できるだけどれにも、ほぼ拘らないように、だいたい拘らないように、という緩さをもって当たる。一歩引いて考える、ということである。そう、一歩で良い。まっしぐらに引き返せ、ということではない。少し下がって、冷静になる。とりあえずべったりではなく、ちょっと離れること、そうするだけで、かえってピントが合って、物事がよく見通せるようになる。

これは、僕が遠視だから書いてしまった比喩である。近視の人たちが皆、近づきすぎているから見えていないのではないか、という見立てが、僕が「そんなに拘らないで」といいたい気持ちに近い。でも、近視なのだから、それで見えているのかもしれない。そこは個人それぞれで、条件が違う。

そんな比喩はともかく、物事を客観的に見る、という主旨だが、この客観視というのは、実際には目で見ることではない。頭で考えることだ。

考えないことは安定をもたらす

自分の立場を離れ、別の視点に立って物事を観察し、考察する。というのも、拘らないようにしたければ、あらゆる決め事を疑うことになり、そこでなんらかの思考が必要になる。拘っているうちは、なにも考えず、決めたとおりに突き進めば良いが、拘りを捨てた途端に、いちいち考える必要に迫られる。もともと、これが面倒だから、自分のやり方なり、グループの方針なりを定めておく。あるいは、好きなもの、目指すものを決めてきた。

一度決めたら、あとは突き進むだけで良い。これは、工事現場で、監督に指示された労働者の立場である。迷うのは設計者や監督の仕事であって、その人たちが決めたら、労働者は指示どおりに作業を進めるだけだ。古い意味での労働とは、そういうものだった。いわれたとおりにすれば、賃金がもらえる。頭を使う必要はなく、躰を動かせば良い。今でも、職種によるけれど、仕事の多くにはそういった要素が高い割合で含まれている。

労働者は躰を使うから、肉体的に疲れるけれど、頭を使う必要はない。また、その作業で出来上がったものが、どう機能するか、どう役に立つか、といった想像や心配をしなくても良い。極端な場合、間違った作業をしてしまい、まったく役に立たなくても、それを作った労働者に責任はない。監督の指示が悪かったのだ。したがって、結果の心配をしなくても良く、余計なことを考えず、いわれたとおりに行動すれば良いので、とても気が楽だ。ストレスが少なく、精神的にも比較的安定している、といえるだろう。

「拘る」とは、自分を労働者にする効果がある、ということである。ただし個人の場合、拘りを持ったのも自分だし、その拘りに従って行動するのも自分だから、失敗をした場合に責任を取らなくても良いというわけにはいかない。全責任は、拘った自分にあるからだ。それでも、たいていの場合は、拘る時点でその覚悟をしている。これに決めた、となったときに、「失敗しても良い」と割り切るからである。

歳を取るほど楽観的になる

歳を取るほど拘るようになるのは、この「失敗しても良い」という割り切りが大きいだろう。つまり、老い先が短くなるほど、人生を大部分諦《あきら》めているし、失敗したところで、誰かから叱られるわけでもない。「拘る」姿勢をバックアップするのは、そういった心理だと思われる。

若者は、まだ自分の人生の可能性を見極められない。何が自分の役に立ち、何が自分の人生を台無しにしてしまうのか、わからないだけに緊張している。人生を諦めるほど悟りの境地には至っていない。できることなら失敗をしたくないから、これと決めたことでも、「大丈夫だろうか」と不安になる。自信がないからだ。これは、実に正しい姿勢である。僕が、「拘らない」といっているのは、結局は、いつもそうした不安を持て、ということに等しい。

一般に、このような悲観的な姿勢は、良くないものだと受け取られているけれど、それは間違っている。不安を持たなければ、安全は確保できない。これで大丈夫だと信じたものであっても、常に疑うことが重要だ。

原発の事故や、津波の被害、土砂崩れや堤防決壊の災害などが、繰り返し、疑うことの大切さを社会に思い出させている。絶対に安全なものはない。できるかぎり悲観的に物事を見る、危険側に予測をする、そのうえでできるかぎりの対処をしておく、という姿勢が結局は安全率を高める。

一度決めても条件は変わる

本当に大丈夫だろうか、と不安になれば、いろいろなケースを考えざるをえない。なにか見落としはないか、想定していない可能性はないか、と思考を巡らす。これで対処しようと決めた時点では、まだなかった条件が生まれている場合も多い。かつては測定できなかった対象が新技術で明らかになり、前提条件自体が変化することだってあるだろう。むしろ、条件がずっと変化しないということの方が珍しい。また、逆に、以前にはなかった対処法が編み出されることもある。一度選択し、実行した対策よりも、より高い安全率が確保できる対処法があれば、再検討する価値があるだろう。

ということは、これだと決めたものでも、今ならそれに決められないかもしれない。そんな場合には、方針を変更しなければならないが、実際、一度決めたことで大勢が動き、多額の費用が支出され、備えるために時間や労力も使われている状況があれば、簡単に改めるわけにはいかない。従来のものに拘る人が大多数かもしれない。

一般的に、このように条件が変化した場合、これまでの対策を部分的に変更することで対処する。それまでに築き上げたものを活かす選択が採用されやすい。ところが、こうした修正を繰り返すうちに、対策はだんだん非効率、不合理になる。一度リセットして、最初からやり直した方が効果が期待でき、しかも費用がかからない、といった場合も起こりうる。そうなりそうだと途中で判明しても、なお従来のものに拘る人がいて、特に大きな組織になると、機敏な転換をしにくい態勢になっている。

個人の場合でも、まったく同じだ。たとえば、自分が好きなものはこれだ、と熱中し、それに資金を投入する。初めはもの凄く面白い。自分は一生これで楽しもう、とそのときは思う。しかし、しだいに厭《あ》きてくる。当然である。なんでもそうだが、初めほど、未知が多くて面白いものだ。

「厭きる」とは頭の疲れ

しかし、自分はこれだと決めたのだから、とそれを続ける。新しいことを始めることには抵抗を感じるだろう。特に、それまでに金をかけて揃えたものがあり、また経験して蓄積したものもある。それらをあっさり見放して、新たなジャンルへ飛び込んでいけるだろうか？

なにごとも一つのことに集中し、一生を捧げて専念すれば、いつか必ず大成する、という風潮が日本にはあった（他国でもあるかもしれない）。僕は子供のときに、大人から幾度かそう教えられた。なんでも良いから一つに絞りなさい。まるで、野球のバッタに狙い球を決めさせるような言い方だった。バッタは、瞬時に打つか打たないかを判断しなければならないから、決めておいた方が良いかもしれない。だが、人生の選択は、いくらでも時間をかけ、ゆっくりと考えることができるはずだ。

一つのことを長続きさせなさい、という教えは、厭き症の僕には、ちっとも上手くできなかった。たいていは途中で投げ出して、別の新しいことを始めてしまうのだ。なにしろ、新しいことは面白い。もの凄く魅力的に見える。同じことを長く続けていると、厭きてしまう。だんだんやるのも億劫になってくる。

この「厭きる」というのは、興味がなくなることで、ようするに頭が疲れてくる状態だと思う。意識して無理に続けようとすると、眠くなってしまう。これも、疲れている状態に酷似している。

学校の授業で、ずっと先生がしゃべり続けていたら、生徒の多くは眠ってしまうだろう。興味があって、聴きたいと思っていた生徒でも眠くなって、睡魔に抵抗できなくなる。ほとんどの人がそうであるのを見ると、人間の頭脳は、そういうふうに作られているものと考えるしかない。

新しいことの価値

新しいことに向き合うことは、それ自体が楽しい。何故楽しいかといえば、知らないことが多いからだ。自分がどこまで楽しめるか、予測ができない。それは、自分自身の未来の可能性が大きく広がっているようにイメージすることができる。

逆に、厭きるというのは、自分の可能性が見切れる状態といえる。授業中に先生の話で眠くなるのは、どんな話なのかだいたいわかってしまったときではないだろうか。

僕の奥様（敢えて敬称）は、TVドラマが大好きで、特にミステリィものに目がない。ほとんど毎日のように、そういった番組やビデオを見ている。しかし、半分くらい見たところで、たいてい眠ってしまう。最後まで見ることは稀《まれ》のようである。それでも、「面白かった」とおっしゃっている。気持ち良く眠るために見ているのかもしれない。

TV番組を見ていて眠くなることは多い。スポーツの試合でも、一進一退の攻防が続いているのに、眠くなることがたまにある。一方で、コマーシャルはそうではない。一つ一つが短いし、つぎつぎとまったくランダムに商品が紹介される。目新しさに人間は惹かれる。このように予測がつかないものに目を覚ます頭を持っているようだ。人間は、このように惹かれる、ということだろう。

惹かれれば、興味が湧き、それについてあれこれ思いを巡らす。つまり、考えることができる。考えやすい、といっても良い。

拘らないとエネルギィを消費する

授業のとき先生の話を聴いているのは、「学んでいる」状態だから、外部から情報をインプットしている。これは、「食べる」ことに似ている。腹が空いているときは、とにかく食べたい。しかし、食べることでたちまち満腹を感じ、続けて食べることに厭きてくる。そのうちに眠くもなってくる。

多くの人は、「学ぶ」ことが「考える」ことだと認識しているみたいだが、これは間違い。考えるとは、頭脳を運動させることであり、体力を消耗する行為である。食べてエネルギィを補給するのとは反対の行為といえる。学ぶことは、続けると厭きてきて、眠くなりやすいけれど、考えることは、むしろ目が覚めてくる。スポーツをして眠くなることがないのと同じだ。考えごとを始めてしまい、寝られなくなった経験をお持ちの方も多いはずである。

「拘り」の目的は、考えないようにすることである。頭脳の運動を嫌い、省エネで済ませる方策でもある。拘らなければ、そのつど考えなければいけないから、エネルギィを余計に消費することになる。

ただ、生きることは、すなわちエネルギィの消費にほかならない。死んだ人が最もエネルギィを消費しない。そして、人間が感じる「楽しさ」は、ほぼ例外なくエネルギィを消費する活動である。美食家は食べること（エネルギィ補給）が楽しいのではないか、という反論もあるかと思うが、普通のものを食べるのではない、美味しいものを食べるためにエネルギィ消費を惜しまないというのが、美食家なのではないか。

天の邪鬼な少年の考え

どうせ生きている間しか考えることはできないのだから、できるだけ考え、自分の楽しさを見つける、あるいは作り出すことが、僕が目指したい方針である。そのためには、なにごとにも拘らない方が、考えるチャンスが増え、なにかを思いつく切っ掛けにもなる。そして結果的に、思いもしなかった楽しさを見つけることができる。これまでにも、僕はそんな楽しさに沢山出合うことができた。

これは、僕が子供のときから天の邪鬼だったおかげだ、と思っている。

子供の時分から拘らないようにしようなんて考えを持っていたわけでは、もちろんない。なんとなく、疑《うたぐ》り深いところがあって、これが普通だ、これが常識だ、とにかくこれに従いなさい、みんながしていることだから、といわれると、どうしても、理由を問いたくなった。何故それが普通になったのか、どうして常識なのか、どうやってそれらは決まったのか。みんながしているのは何故なのか、と。そして、大人たちがその理由を明確に答えないから、理由のないものに従うなんて変ではないか、と考えたのである。もし、理由があったときには、その理由がいつも成り立つものではないこと、昔と今では条件が違っていること、みんながそうであっても、自分がそれが適切だといえる理由がないことなどで反論した。

僕としては、自分の理屈を跳ね返すような強い理屈が知りたかったのだが、残念ながら、そういったものは存在しないことがわかった。議論がしたかったのに、議論にもならない。世の中の常識とか、みんながなんとなく従っていることには、案外明確な根拠がない。大人は、「みんながそうなんだ」ということを理由だと思っているようだった。それは、「どうしてリンゴは赤いのか?」という質問に対して、「リンゴだから赤い」「リンゴの色を赤いと名づけたのだ」と答えているようなもので、理由になっていない。少なくとも、僕を納得させる理屈ではない。

そういった理屈屋の少年は、大人たちからはむしろ、「なにか拘りがあるみたいだ」といわれることがあった。そういうふうに、僕は「拘り」という言葉を知ったのである。

「拘り」は議論にならない

たぶん、僕は「理由」あるいは「理屈」に拘っていたのだろう。それとも、「議論」に拘っていたのだろうか。どちらにしても、大人たちの「考え」が知りたかった。どのように考えているのか、どう考えてそういっているのか、ということが知りたかっただけだ。それに尽きる。

年齢を重ねて、大人に近づくほど、無理に議論をしない、質問をしない、どちらでも良いことならば、譲歩して従った方が得だ、ということをもちろん覚えたけれど、でも、だからといって納得をしたわけではなかった。ちょっとしたチャンスがあれば、反対の意見をときどき述べていた。どのみち大勢には受け入れられない。会議でも、意見は述べた。もちろん、誰にも聞き入れられない。冷笑されるだけである。返ってくる言葉は、おおかた、「まあ、そうなんですけれどね、ええ、でも、なかなかそうは割り切れません」といった類《たぐい》のものである。僕はべつに割り切っているわけではない。でも、いつも正論を述べることに努めていた。理屈としてはこうではないか、と。

大学生くらいになると、議論が好きな連中が周囲で増えた。けれども、少し話してみて、彼らが持論の前提としているのは、言葉だけの信仰のようなものであり、少なからず感情的で、まったく理屈になっていないことが多かった。といっても、それを主張したわけではない。それがわかったところで、それ以上は深入りしないことにした。このあたりから、僕はだんだん他者に「拘らない」ようになった、と今になって思う。相手を説得しても、それで自分が得をすることはない。自分に、具体的な被害が及ばないかぎり、他者の姿勢を許容する方が得策だ、と考えた。

正論が通る世界にいた

もともと、僕は議論で相手を打ち負かそうなどとは、まったく考えていなかった。そうではなく、僕は、自分の意見を覆すような理屈に出合いたかっただけだ。議論をした相手の理屈の方が正しいとわかれば、僕は即座に自分の理屈を引っ込めて、相手に同調する。「ありがとう、君のいうとおりだ。良かった、教えてもらえて」と礼をいうことになる。こうなることこそ、議論をする価値である。実際、そういったことも数回あった。特に研究者になってからは、このような機会が増えてくる。議論をして、相手のいうことの方が正しいというケースは、この上ないラッキィだ。得るものがあった、これだから議論はやめられない、と感じるのである。

就職して大学に勤めることになり、周りはほとんど学者ばかりになった。会議などでは、専門外の議論をすることになる。大学や学会の運営に関する話題が主なテーマだ。学者というのは、例外なく理屈屋であり、そういう人たちが議論をすると、いわゆる正論が出てくる。これは、僕が子供のときに大人にぶつけたものに非常に近い。しかし、大学や学会の運営は、会社と同じく営業的な面があり、社会の中で妥協的な立場を取らざるをえない場合がどうしても生じるから、正論に対して、「建前はそうなのですが、実際の運用では、こうしていくしかない」といった新しい理屈が登場する。ようするに、本音と建前を分けて考えろ、ということだ。

なるほど、勉強になるなあ、と思ったものである。これが、普通の会社というか、一般の職場だったら、正論さえ出ないことだろう。建前が絶対になるはずである。正論なんて語っている場合ではない。「何をいっているんだ、お前は」「そんなことも知らないのか」で片づけられる問題だろう。

一方で、研究分野では、まさにその正論のぶつかり合いになる。理屈と理屈で議論をする。どちらかが正しく、どちらかが間違っている。偉い先生が正しいわけではない。古くからずっとあった理屈が、いつまでも正しいとはかぎらない。実験結果一つで、ひっくり返ってしまうことだって珍しくない。

これはこれで、実に恐ろしい世界である。いわゆる理論の弱肉強食というのか、より深く考えた方が正しさを勝ち取る。拘りというものは存在しない。拘ろうにも拘りようがないのだ。

研究者は拘れない

たまにだが、自身の研究成果に拘る人がいないではない。ずっとその研究を続けてきて、過去に得られたものが正しいと信じている。まさに拘っている状況だ。

しかし、誰かが、その反証を提示すれば、本人が拘ろうが、信じようが、その成果は無になる。その後は誰も見向きもしなくなる。そうなると、本人が拘りたくても、もう拘ることができない。恐ろしいとは、そういう意味である。

科学の世界は「非情」である。長年努力を重ねてきたこと、人柄が良くて周囲の信望も厚いこと、逆境に耐えてどん底から這い上がってきたこと、といった要因はまったく評価されない。沢山の賞を受けた有名な学者も、大学院に在学中の学生も、立場は同等である。もし結果が異なる研究が示されたときには、議論をして、証拠を挙げ、どちらが正しいかを決めることになる。その根拠が一般に再現できれば、おおむね正しそうだ、ということになり、再現できなかった方は、ひとまず引き下がるしかない。だが、またどこかで新しい証拠が見つかり、それまでの説がひっくり返ることだってある。

そういう意味で、学者には拘るものがない。拘っても意味がないし、拘ることで前進できるわけではない。もし拘るとしたら、納得がいかない不思議なことに拘る。わからないことに拘る。これは、子供が大人に「何故？」と尋ねるようなものだ。普通の人なら、「そんなこと、どちらでも良いじゃないか」と一蹴されるようなテーマであっても、何年もその不思議に拘り続ける研究者がいる。

これなどは、「考えない」ために拘っているのではなく、「考え続ける」ことに拘っている。普通の「拘り」が「割り切る」ことであるのに対して、学者の不思議への「拘り」は、割り切らない態度を持続することであるから、同じ言葉を使うのは混乱を招くかもしれない。

不思議と不知の違い

少し話題が逸れるかもしれないが、学者が抱える問題は、一般の人が抱える問題とは少し違っている。一般の問題とは、「不思議」ではなく「不知」であることが多い。つまり、知らないから答がわからない。実際、なんらかの問題を提示されたとき、それに答えられない人は、「いや、知りません」という。そして、自身で問題を解決するときには、図書館やネットで「調べる」ことになる。調べた結果、知ることができたら、問題が解決するのである。

このような場合には、「不知」に拘ることはできない。拘りたくても、調べて知れば、たちまち終わってしまうからだ。また、不知のままにしておくことを、

「拘る」とはいいにくい。単なる「保留」であり、また多くは「怠慢」によるものだからだ。

一方、学者が拘る「不思議」は、調べることで解決しない。知らないからわからないのではないからだ。誰かに聞いたり、相談して解決するものでもない。研究することで、少しずつ未知を解明していくことになるし、その結果として問題が解決されれば、世界で初めて答を知った人間になる。学者が、不思議に拘るのは、答が理解できたときの喜びの大きさを知っているからである。

AIは拘るか？

ここで、「拘る」という観点から、ＡＩについて考えてみよう。

コンピュータは機械だし、それが作動するのは、人間が作ったプログラムが実行されているからだ。僕は、三十年以上まえに、オセロで人間の相手をするプログラムを自作したことがある。当時は、それを「人工知能」などとは呼ばなかった。また、人間と会話をするプログラムも作ったことがある。人間が話しかけることで、言葉を覚え、しだいにそれらしく応対し、会話が成立しているように見えてくる。

オセロの指し手も、会話の言葉選びも、ただ計算によって割り出されているだけで、コンピュータは「考えている」わけではない、と当時の僕は理解していた。考えたのは、プログラムを作った自分であり、つまり人間だ。ただ、計算のし方を教えたわけだから、これは「考え方」を教えた、ということはできるかもしれない。

それはともかく、コンピュータというのは、基本的に常に考え（計算し）、判断をする。これまでの経緯や過去の事例に影響を受けるが、人間のように、自分はこれが好きだから、これが気に入ったから、という拘りを持つようなことはしない（見かけ上、拘りを持たせるようにプログラムすることは可能だが、目的を達成する確率が下がるだけだろう）。計算から導かれるものは、「最適」であるから、最適に拘っているといえば、そうかもしれないが。

人間の拘りが機械を作った

人間の場合は、ベテランになって仕事を覚えると、手を抜く部分は手を抜き、大事なところにだけ力を注ぐようになる。いわゆるメリハリであり、これは一種の拘りである。このような効率化をすることが、人間らしいやり方でもある。コンピュータは、馬鹿正直に毎回計算をする。オセロであれば、すべての可能性を検討し直し、次の手を決めるために、そのつど計算するのだ。

したがって、「拘らない」という方針は、この意味では、コンピュータ的な姿勢ともいえる。効率が悪いといえば、そのとおりだ。しかし、拘ることで生じる油断が、失敗を招くことがあり、人間にありがちなエラーとなる。それを防ぐには、機械に見習うほかない。

几帳面な機械的作業というのは、たとえばチェックシートにいちいち印をつけたり、電車を発車させるときにオーバに指差して声を上げたりする行為などにも見られる。人災を防ぐには、人間は機械的な判断や処理をしなければならない。その方がより安全だということなのである。

なにに対しても、機械は悪い、人間は良い、というわけではけっしてない。人間よりも機械は優秀だ。というよりも、だからこそ、人間は機械を作ったのだ。自分たちの欠点をカバーするためには、そうするしかなかった。より完璧で高効率なものに拘った人間は、自分たちを信頼せず、もっと確かな仕組みを考案してきた。

AIは既に人間よりも賢い

ところで、最近たびたび話題になっているのが、「シンギュラリティ」である。もうすぐAIが人間よりも賢くなり、そのことで社会に変革が起こる、といわれている。なかには、AIが人間の仕事を奪い、人間は社会的に役立たずになってしまう、といった心配もされているところだ。

多くの人が勘違いしているかもしれないが、産業革命が起こった頃に、既に人間よりも機械の方が働き者で役に立つ、という逆転があった。労働者の仕事は機械に奪われた。しかし、何が起こったかといえば、世界中で生産性が増し、平均的には多くの人々が豊かになった、ということではないだろうか。

シンギュラリティとは、「特異点」という意味だ。何が特異なのかというと、AIが人間よりも賢くなる、といった問題ではない。AIが人間の仕事を奪うという問題でもない。そうではなく、AIがAI自身を生み出すようなことが起こる。コンピュータがコンピュータを設計し、生産するようになる、という特異点なのである。これは、これまでの「機械化」にはなかった転換である。

人間が発想して、新しい技術を生み出してきたが、これからはＡＩが発想し、新しい技術を開発する。技術だけではない、哲学も物理学も数学も、ＡＩが研究を進めていくようになる。そうなると、人間の頭脳によって進化してきたこれまでの発展速度から、飛躍的な変化が起こる可能性が高い。その転換期、つまり特異点がシンギュラリティといわれている。

僕がオセロのプログラムを自作したとき、数年もすれば、オセロで人間はコンピュータに勝てなくなる、と容易に想像がついた。しかし、将棋や囲碁は無理だろう、と僕はそのときに直感した。どうしてそう考えたかというと、将棋や囲碁は、勝ち方が人間自身にもわかっていない。オセロよりはるかに複雑で、戦法も多種多様だ。勝ち方はわかっているけれど計算できないだけだ、というオセロとは全然違っているからである。

ところが、もう数年まえのことになるが、将棋も囲碁も、ＡＩの方が人間よりも強くなった。こうなったのは、人間が組んだプログラムではなく、ＡＩ自身が、過去の将棋や囲碁の勝負から学習し、またＡＩ自身が自分の中で、勝負を行って、各種の戦法を試し、鍛錬をしたからである。こういった「ラーニング（学習）」は、三十年まえのコンピュータでは、（記憶容量と計算速度において）実現不可能な能力だったのだ。

おそらく、ＡＩが学び続ければ、人間よりもはるかに強くなるだろう。今後は人間も、過去の勝負ではなく、ＡＩから学ぶことになる。現在、既にそうなっているのではないだろうか。

ＡＩは「忘れる」ことができる

興味のあるところは、そうして鍛錬し強くなったＡＩの棋士が、はたして自分の戦法として、拘りのようなものを持つだろうか、という点である。得意とする「十八番」のようなものを会得することになるのか。それとも、あくまでも素直に、なにものにも拘らない達人になるのだろうか。

シンギュラリティがいつなのか、そしてその後どうなるか、僕にはわからない。ディープラーニング（深層学習）したから人間を超えられる、と単純に考えることはできない。何故なら、アインシュタインもガロアも、若くして画期的な発見をしている。彼らは、多くを学ばなかったはずだ。むしろ、常識を知らないことや、それゆえ既成概念に囚われなかったことが、素晴らしい発想を生み出したように見える。人間の発想の条件は、そういった突飛さというか、突発的なものであるように思われる。

普通の人たちは学校で学び、一所懸命勉強して頭に知識を詰め込もうとしているけれど、知識というのは、頭脳の本来の活動にとって重荷になることが、きっとあるだろう。新たな発想は、なにものにも縛られない自由さ、あるいは軽さから、羽ばたくごとく生み出されるものではないだろうか。

ところが、そういう状況も、コンピュータであれば、たちまち対処ができるだろう。つまり、人間は年齢を重ねたとき、若い状態に戻れない。一度覚えたものを、自在に忘れることができない。一方、AIはいとも簡単にリセットできる。つまり、ある知識について、いつでも「知らなかった」ことにできる。すなわち、コンピュータは、自分の意思で、いつでも「拘らない」でいられる（もちろん、拘ることもできる）。

この「忘れる」能力によって、AIは人間を凌駕《りようが》するだろう、と僕は考えている。その点からも、シンギュラリティがいずれ起こることは確実だ。

未来の人間の能力とは?

ところで、僕は固有名詞を覚えないことにしている。これは十代の頃からで、おかげで文系の科目では偏差値が最低ラインだった。また、国語では漢字が書けないし読めない。英語ではスペルを覚えられない。だから、受験のときは、数学と物理が頼みの綱だった。

固有名詞や、漢字あるいはスペルを問われ、正確にそれらに答えることで人間の頭脳の優劣をつける教育が、長年続いてきたわけだが、シンギュラリティよりもまえに、まず人間相手のこの方式を改めた方が得策ではないだろうか。

今は、試験のときにスマホは持ち込み不可であるけれど、近い将来、スマホは人間の内部に取り込まれ、その通信能力も記憶能力も計算能力も、そして検索能力も人間の能力の一部となるだろう。機械は既に人間に同化しようとしているのだ。そのうえで、いったい人間の能力とは何か、という点に是非拘っていただきたい。

第4章

生きるとは、生に拘っている状態のことだ。

「死」をイメージできる知能

「なにものにも拘らない」からといっても、生き物である以上、生きることに拘っているはずだ。この点については、理由というものを思いつかない。「何故生きるのか」という哲学になってしまう。そもそも、何故生まれてきたのか、から考え始めなければならなくなるだろう。

生き物が、「生」に拘るのは本能であり、これは大前提でもある。生きているからなにかに拘ることができるし、また生きているから、拘らないように努力することもできる。自分の意思というのは、生きているから機能している。たぶん、そうだと思う。死んだことがないので、はっきりと断定はできない。

逆に、「死」に拘るような人もいる。死に取り憑かれている、と表現されることもある。どういう状態なのか、具体的に詳しいことを知らないが、いつも「死」が思考の中心にある感じらしい。ただ、「死」に拘る、「死」ばかり考えているのも、生きているからできることだ。これは否定できないだろう。

「死」に拘るのが特別視されるのは、生きている人のほとんどが、「死」を忘れているように見えるからだろう。「死」を考えないようにしている。特に、日本人は「死」について話すだけで、「縁起が悪い」と怒ったりする。そういう不吉なことを話題にしてはいけない。話したり、考えたりしただけで、死に取り憑かれて、悪いことが起こる、といった信仰のようである。そうやって、死を見ないようにする姿勢も、実は「死」を意識していることの裏返しであり、実は「死」に拘っている状態ではないか、とさえ思えてくるが、いかがだろうか。

人間は、自分の死について考えることができる。それを考えられる知能を持っている唯一の動物ではないだろうか。

「死」の自由を認めるべきでは？

ただ、自分が死ぬことをぼんやりとイメージできるだけで、真剣に考えている人はやはり少ないようだ。「畳の上で死にたい」とか、「家族に見守られて死にたい」とか、「苦しまず、眠るように死にたい」といった願望をときどき語る人がいるのは知っているけれど、不思議なことだと僕は思う。死ぬのだから、どんなふうだって同じではないか、というのが僕の考えだ。

道端でばったり倒れ、野垂れ死にしても、死んだらお終《しま》い。なにも感じないはずだ。場所がどこだろうと、死ぬ原因が何だろうと、周囲に誰がいようと、死ぬ本人には関係がないだろう。たしかに、苦しみたくはないけれど、死んだら苦しみも消えるわけだし、また死ぬよりもさきに意識がなくなるだろうから、苦しみもその時点でなくなる、と考えれば、少しは気も休まるというものか。

死について考えている人は少ないが、死ぬ手前の期間、つまり老後のことを心配している人が非常に多い。たいていの場合、寝たきりになったり、そうでなくても、衰えて、不自由な老人たちを見てきているから、自分はああはなりたくない、と考える。

そこで、自由な意思決定ができるうちに、自分の死に方を決めておこうと準備をする人もいる。また、不自由で苦しみ、家族に迷惑をかけるくらいならば、と自殺を考える人も一定数いるようである。日本は、尊厳死、安楽死というものが法的に認められていないから、選べるとしたら自殺だけだ、となる。

こういったことを、真剣に考え、実際に実行する人もいる。実は、僕の知合いにもいたが、あまり詳しくは書けない。本人からは、しっかりと口止めされているし、僕はそういった個人の自由を、（自殺も含めて）認めるべきだと考えている。ただし、一度死んでしまったら、生き返ることはできないのだから、相当に考えた方が良いと思う。それだけの思考というか、理屈が考えられる人でなければ、難しいのではないか、とも思われる。

「死後」への欲求はなにもない

僕自身はというと、友人たちからは、「一番自殺しそうな奴」といわれているけれど、実は、人生のどの時点でも、自殺の可能性を考えたことは一度もない。そもそも、躰が弱く、子供のときには、自分は長く生きられない、と考えていたので、生きているうちに充分に楽しもう、という方針でここまで来た。まさか六十年以上生きられるとは思っていなかった。だから、現在はロスタイムであり、もういつ死んでも良いと思っているし、もちろん自殺をするつもりはなく、どこかで野垂れ死にすれば、それでけっこうだと考えている。死に方には、なんの拘りもない。

また、死後のことにも、拘りは全然ない。僕の持ち物や財産がどうなろうと知ったことではない。誰かに意思を受け継いでもらいたいなんて、これっぽっちも思わない。僕の持ち物、大事なものも、苦労して作ったものすべて、さっさとゴミにしてもらえば良い。生きている間はできそうにないが、死んだら未練はない。死ぬというのは、そういうことなのだ。

僕は、自分の名前にもこれといった思い入れがないから、墓もいらない。もちろん、葬式をする必要もない、と家族には伝えてある。ただ、葬式は遺族が主催するものであり、死んだ本人が出しゃばる問題ではないだろう、とも考えているので、さほど強く主張してはいない。だいたい、僕の家族は僕のいうことをきかない人たちばかりだ（たぶん、天の邪鬼が遺伝したのだろう）。

生きている今でさえ、僕は有名になりたくない。自分がみんなに認められることに、大きな魅力を感じていない。そういった方面で拘りは皆無だ。そんな人間が死ぬのだから、なにも遺さないし、遺書なんて書かないし、あとは野となれ山となれ、といったところである。

死ぬときに、「ああ、生きられて楽しかったな」と思えれば、それで充分だろう。それ以上に何を求めるというのか。

拘らないというのは、自分のことに拘らない、ということだ。自分に対する拘りに、一番注意を払うべきだ。自分に拘らなければ、当然のこと、他者にも拘らないでいられる。僕は僕の自由にしている。僕以外の人は、自分の好き勝手にすれば良い。

だから、人に対して僕はあまり意見をいわないし、人のやり方に注文をつけたりもしない。たとえば僕は、個人の悪口をいわないし、個人の主義主張を非難したこともない。たとえ僕の意見と食い違っていても、全然かまわない。そういうことで人間関係が崩れることもない。意見が違うのは当たり前のことであり、意見が違うからこそ議論をする意味がある。意見が違うからこそ協力してグループで活動する価値がある。そう考えている。

さきほど書いた死についての僕の意見は、僕にだけ適用すれば良いと思っている。みんなにこうしなさいと訴えるつもりは毛頭ない。だったら何故書くのか、といわれそうだが、それは既に述べたように、書くことが仕事だからしかたない。

「死後」は無である

「死」について、もう少し考えてみよう。

日本人のうち、けっこうな割合の人が「霊界」みたいなものを信じているそうだ。信じない人よりも、信じる人の方が多数派だという統計があった。びっくり仰天である。へえ、そうなんだ、と感心した。

そういわれてみれば、死んだ人の霊を慰《なぐさ》めるイベントが各地で開かれ、大勢が集まって黙祷《もくとう》を捧げている。墓参りをする人、法事をする人、仏壇に供え物をして毎日手を合わせる人がいる。さきほども書いたように、僕はそういう人たちを、べつになんとも思わない。それぞれが、自分の考えるとおりに自由に生きれば良い。ただ、僕はそれをしない、というだけである。

何故かというと、「霊界」が存在するとは考えていないからだ。考えていない人間が、つき合いでやったら失礼になるのでは、と思う。でも、国旗掲揚と同じで、場の空気を乱すのもなんなので、そういう場では、しかたなくつき合ったことは何度かある。つき合っても、それほど僕には損失がない。時間が少々無駄になるというだけで、それくらいは、生きている間、周囲の人たちに対する礼として、捧げても良いと考えている。死んだ人には、なにものも捧げられないが。

たとえば、僕は友人の夫人が亡くなったときには、葬式に出席したり、お悔やみのメールを送ったりする。でも、友人本人が亡くなったときには、葬式にも出ないし、連絡もしない。葬式は、遺族のためにするものであり、死者のためのものではない、と考えているからだ。それが僕の道理である。

「死」への拘りはマニアック

僕から見ると、たしかに多くの人は、「死」や「死者」に拘っているように見える。一周年とか三回忌とか、思い出して涙を流す。しかも大勢で集まって一緒にしている。自分一人でやれば、まったく問題のない行為であるが、大勢を集めたり、あるときは強制的に参加させたりしているのは、少々抵抗を感じるところだ。これからは、だんだん減ってくるだろう、と思っていたが、さきほどの統計結果といい、なんだかむしろ増えているような気がしてならない。

子供の頃からお墓参りをして、先祖に対して手を合わせてきた人は、やはり自分が死んだあとも、子孫に手を合わせてもらいたい、と考えるのだろうか。拘りが感じられる。言葉は少し悪いかもしれないが、オタク的な拘りのように、僕には思える。日本中の大勢が、お墓オタクなのかもしれない。僕は「オタク」という呼称を悪い意味では使わない。むしろ尊敬の念を抱いて書いている。ただ、僕には、やはり理屈のなさが致命的で、自分はそれを信じられないし、信じられないものに、労力や時間を使うことは無駄だと考えている。

キリスト教を信じる人も、友人に多い。彼らは神の存在を信じているようだ。けっこう日本人よりも宗教に拘る。ちょっとしたことでも祈りを捧げる。スポーツ選手だって、十字を切る人が多い。「南無阿弥陀仏」と念じてフリーキックを蹴る選手はいないのだろうか(これは皮肉ではない、単なる疑問である)。

死後に遺したいものはない

死について科学的に考えている人でも、自分の死後に、自分が生きてきた証《あかし》のようなものをなにか遺したい、と考えるらしい。これも、死に対する拘りといえる。まず、自分が死んでも世界が存続し、遺された人たちの社会が続くことを想像している点で客観的だ。もちろん僕も同様に考えているけれど、自分が死んだら、世界は終わるのと「等価」といえると思う。そう思うから、自分の生きてきた証を遺すことに意味を見出せない。

証になるものって、何だろうか。誰に対して託すのか。それを託された人だって、じきに死ぬだろう。石碑のようなものを立てたって、風化してしまうし、すぐに誰の石碑かも忘れ去られてしまうだろう。

たとえば、歴史上の人物など、有名な人が大勢いて、小学生の教科書にも登場する。そういう人物に自分もなりたい、という願望だろうか。豊臣秀吉だって、日本人がみんな知っている未来のことを考えたかもしれないが、しかし、もう死んでいるのだから、喜ぶわけにもいかない。豊臣家の末裔に利益が巡ってくるということもないだろう。なにも良いことはないのでは？

卑近な話だが、それよりも遺産を遺せば、しばらく遺族は喜んでくれるし、著作権だって七十年は有効だから、僕が死んでも僕の家族たちは印税を受け取れる。僕が野垂れ死にしても、である。それくらいで充分なのでは？

「生」や「健康」への拘り

さて、話題を変えよう。

生きている間にも、「生」に拘る人たちがいる。この場合、それは「健康」と呼ばれる。現代人の多くが、健康に拘りを持っているのではないだろうか。

貧しい時代には、生きているだけで充分だった。食べるものがあれば充分、寝る場所があれば充分、と考える。豊かな社会になり、食べるものも寝る場所もいちおう確保された。次にみんなが手を伸ばしたのが「健康」なのだろう。

これは、拘っている人が本当に多いように観察される。僕の奥様も、TVや雑誌で取り上げられた健康グッズやサプリメントを試してみないと気が済まない人だ。それほど拘るわりに、一つのものが長続きしない。次から次へとシフトしていく。つまり、まえのものは効かなかった、ということだろうか。そもそも、これが効きます、というものが本当に存在するなら、これほど新しいアイテム、健康法が続々と登場するはずがない。

大雑把《おおざっぱ》な話をすると、生きる目的が健康である、というのは、堂々巡りの理屈のようで、僕は首を傾《かし》げるばかりである。たとえば、常に自身を正常に保つ機械や、ハングアップしないように、あらゆるセキュリティを完璧に実行するコンピュータがあったとしても、それがいったい何の働きをするのか、という点が問題になる。存在するだけで、存在価値があるのだろうか。人が健康に拘る姿勢というのは、それと同じでは？

生きるなら、生きてなにかした方が良くないか、ということである。

ただ、今一つ自分でもよくわからない。もしかしたら、生きるだけでも楽しいのかもしれないし、たとえ錯覚だとしても、本人が楽しければ、それで良いではないか、という理屈は正しいだろう、きっと。

若い人が健康に気をつけるのは、これからの人生の基盤をしっかりとさせておきたい、という意欲の一つとして受け止めることができる。でも、年寄りが今さら「健康が生き甲斐だ」といいだしても、僕はぴんとこないという話。

「禁酒」と「禁煙」

しかしたとえば、勉学に励み、自己鍛錬するのは何のためか、どうせいずれは死んでしまうのだから無駄ではないか、というのと同じだといわれると、そうかもしれない、という気もする。学ぶことで、新たなものを生み出す能力を身につけ、生きている間に、なんらかの仕事で後世に名を遺すことができるだろう。しかし、その社会も文明も、いずれは滅びるのだから、なにをやるのも無駄ではないか、と考える人もいるかもしれない。

このあたりは、結局よくわからない。少なくとも、僕はわからない。答が出るような問題ではないのだ。だとしたら、健康に拘るのも、(僕は変だとは思うけれど)べつに良いではないか、となるのが、たぶん平均的な評価というものだろう。

軽い運動をするくらいならば、たしかに効果があるように思う。ちょっと汗をかいて、体重を落とすのは、躰が軽くなるだけでも楽になる。しかし、運動をしたあとに、ビールを飲んだら、ご破算だろう。酒を飲むために運動をしている、という人は意外と多いように見受けられる。どうも、本末転倒の気配がないでもない。これらは、「拘る」といっても、健康に拘っているのではなく、医者の指示に拘束されているだけだし、また酒の誘惑に拘束されている結果でもある。

僕は、かつては酒も煙草もやっていた。麻雀も好きだった。麻雀は二十代できっぱりとやめたし、酒と煙草は三十代できっぱりとやめた。以後はまったく嗜《たしな》まない。僕がそれらをやめた理由は、時間が大切だと感じたからだ。それらのうち、煙草が一番時間を使わないけれど、それでも一日に二十本を吸い、一回に三分使っていたら、一日一時間の損失になる。煙草を吸いながらでも仕事はできるけれど、リラックスしたいから吸うのだ。麻雀は、人とつき合うことになり、自分で自由に時間を使えない。酒も一度飲むと、どこかでスイッチを切るように抜けられないから、長時間を無駄にする。

健康のことを考えて、禁酒や禁煙をしたわけでは全然ない。また、人にいわれてやめたのでもない。誰にも内緒で、あるときやめようと思い立ち、こっそりやめただけだ。

こういったことにも、僕は「拘らない」ようにしている。煙草に拘っていたわけでもないし、今も禁煙に拘っているわけではない。煙草を吸っている人を敬遠したこともない。最近、吸う場所が限られるし、周囲から煙たがられるから、肩身が狭いことだろう、と同情している。煙草は美味しいし、一つの文化だとも思っている。でも、もう吸いたいとは思わない。

酒に関しては、飲んだ人が気持ち良くなるのはわかる。良いことだと思う。ただ、他者に迷惑をかけることがある。酷《ひど》いときは加害者になる。煙草で人を殺すことはまずないと思うけれど、酒を飲んで人を殺すというのは、毎日日本のどこかで起こっていることだ。客観的に見て、酒は人間にとって安全ではなく、危険な物質といえる（だから、未成年者の飲酒が禁じられている）。

ただ、これも各自の自由である。自己責任で飲むのはけっこうなことで、まったく悪くない。あくまでも、個人活動として飲めば良い。大勢が集まり、みんなで飲む必要はない。そういう場が賑やかで好きだという人が酒飲みに多いけれど、この文化は、近い将来消滅するだろう。ここ数十年でも、一気飲み、お酌、パワハラ、セクハラなどなど、かなり厳しくなってきた。飲酒運転に対する罰則や社会的制裁も厳重になった。もう、無礼講《ぶれいこう》という日本の文化は存在しないといえる。

「生き甲斐」と「やり甲斐」

さて、健康に次いで、人々が拘りたがるものに「生き甲斐」がある。特に、この言葉は最近になってよく耳にするようになった。同種のものに「やり甲斐」などがある。

数年まえに、ある出版社から「仕事のやり甲斐について書いてほしい」と依頼され、「仕事のやり甲斐なんてものは、単なる幻想である」という内容の本を書いた。当時としては、時代に逆行したネガティブな内容といえる。誰もが、やり甲斐を見つけたいし、元気を出して仕事がしたい、と願っているだろうし、現実に、そういったことを説く文章が多く出回っているところである。その本で書いたことは、「やり甲斐が見つかるとか、元気を出せとか、そんなことはどうだって良くて、やりたくないことをするから賃金がもらえる、それが仕事というものだ」という簡単で、当たり前の道理だった。

ところが、この本がとても売れている。僕はこれまでに十数冊の新書を出しているが、その中で一番沢山売れているのがこの本だ。身も蓋《ふた》もないことを書いたから売れたのかもしれないが、多くの人が「目から鱗《うろこ》が落ちた」と感想を方々で書いている。それを読んで、僕は目から鱗が落ちた。それくらい、みんな「やり甲斐」なんてものが本当にあると信じているのだ。もしも、そんな楽しい仕事があるなら、無報酬で雇ってもらいたいという人が続出するだろう。無報酬にすれば、ますます「やり甲斐」があるものになるのではないか。

生き甲斐も同じだ。そもそも、この「〜甲斐」という言葉は、「やりにくさ」という意味である。「生き甲斐」とは「生きにくさ」の意味だ。「食べ甲斐がある」といえば、量が多いとか、固くて嚙み切れないとか、不味《まず》いとか、そういった理由で食べにくいことを示している。

「やり甲斐がある」とは、苦労する、すんなりとはできない、なんらかの抵抗に遭《あ》う、といった意味であり、そういったものに負けずにやり通すことで、ある種の達成感や満足感が得られる。または、なんらかの報酬があって、苦労をしただけの価値が認められる。それを「やり甲斐があった」と表現するのだ。

この道理でいけば、「生き甲斐」というのは、生きることに苦労をする状況であり、のんびり楽しく生きることとは正反対のイメージとなる。

「生き甲斐」への拘り

なにも「苦労をしろ」とすすめているのではない。苦労なんてしない方が良い。失敗もしない方が良い。トラブルもなく順調に生きられたら、それに越したことはない、と僕は考えている人間である。

ただ、「楽しさ」というものは、なにかに熱中し、自分で工夫をし、試行錯誤した結果得られるものだとは思う。その意味では、苦労をした方が、きっと楽しめるだろう。これは結果論であって、苦労をしたら必ず楽しめる、という意味ではない。その逆で、楽しめることがわかっているからこそ、人間は苦労ができるのだ。

そういう意味では、自分が楽しめる対象を見つけて、それにのめり込むことで、自然に苦労する結果になるわけだし、またそれを実行する段階では、苦労だとも感じない。むしろ、やることなすことすべてが楽しく感じられる。だから、当初目標とした結果に辿り着けなくても、充分に得られるものがある。楽しさとは、そういうものだろう。大事なことは、他者から与えられたものではなく、自身が見つける、自分で創り上げるものだという点で、これは覚えておいて損はないと思う。

生き甲斐に拘ることは、悪くない。特に若い人が、自分の人生でなにか一つ生き甲斐になるものを見つけて、それに熱中したいと憧れることは、非常に積極的で良いことだと思う。そういうものを見つけようとしている間も、仄《ほの》かに楽しいだろう。若い人には、まだ人生の残り時間が沢山ある。慌てる必要はなく、自分で探し、自分で試し、これにしよう、と決めるのが良いだろう。もちろん、決めたあとで、いつでも変更ができる。一度決めたら、やり通さなければならない、というルールはない。

「苦手」への拘り

昔の人ほど、早く一つに絞って、それに集中し、浮気をしないように、といったものだが、その当時とずいぶん時代が違っている。寿命は延びて人生は長くなった。また、経済面を考えても、いろいろなことが手軽に試せるようになった。手が出せないような分野は減っている。いくらでも、やり直せるのだ。例として適切ではないけれど、離婚して再婚する人だって増えている。他者に迷惑がかかるような事態は避けなければならないが、そうでなければ、自己責任でなんだってチャレンジすれば良い。いつかは、とことん極めたいものを見つけられるだろう。

人間の嗜好というのは、ずっと同じではない。経験をするほど変化する。年齢を重ねることで、どんどんシフトしていく。自分はこれが好きだ、とあまり思い込まない方が良い。自分が得意なもの、向いているものなども、そう思い込んでいるだけかもしれない。さほど確固としたものではない。逆に、嫌いなものでも、まったく同じことで、苦手だったものが、やってみたら面白かった、といった経験はごく普通にあることだ。

嫌いだ苦手だと拘っていた対象が、案外そうでもなかった、ということは多い。歳を取ってからスポーツを趣味にする人の中には、若いときにスポーツが苦手だったという場合が案外多い。苦手なものだからこそ、ちょっとできたら面白くなり、嵌《はま》ってしまう、というわけである。

僕は、もの凄く不器用な人間だが、たとえば絵を描くことが好きだし、模型を作ることも長く趣味として続けている。そうそう、僕は国語が大の苦手だったし、子供の頃から小説なんて面白くない、と考えていた人間だが、三十代後半になって、なんとなく小説を書いてみたら、あっという間にそれが本業になってしまった。人生、わからないものである。

苦手なものを克服するという意味で、ネガティブなものに拘るのをやめよう、というのは理解されやすい。人によっては、過去の失敗に拘って、そちらの方面に近づかないようにしている場合がある。こういう行為は、同じ失敗を繰り返したくない、という動物としての本能によるものだし、もちろん安全第一の方針といえる。だが、客観的に見れば、自分で自分の可能性を狭めている行為でしかない。

拘らず自由に考える方針を、ときどき思い出して姿勢を正してほしい。やるかやらないかの判断では、自分が苦手なことは確率が下がるから選択しない結果になるかもしれないが、考えるだけならば、考えないよりも多くの可能性を思いつくだろう。案外、過去に失敗したときとは条件が変わっていて、今ならそれが最善の道になっているかもしれないのだ。

「得意」への拘り

さらに、もっと大事なことは、自分が得意だと思っているものや、過去の成功例に拘る姿勢だと思う。ネガティブなことには拘るな、と窘《たしな》める人もいるし、くよくよしてもしかたがない、と自分でも諦めようとするだろう。ところが、ポジティブなことに拘っている場合は、そのこと自体に気づきにくい。他者も指摘してくれない。ブレーキをかける機能がないので、むしろ危険だ。

子供の頃から得意で、周囲からも認められていたこと、親からも「お前はこれだ」といわれていること、そんなプラス要因が、実は本人さえ気がつかない拘束となっていることがままある。

自分が好きでやってきた対象も、それに拘りすぎることが多々ある。自分はずっとこれで通してきた、ここまで築いてきたものもある、手法は洗練され、さらにやりやすくなっている、もうこんなに成果が上がっている、今さらほかのことを始めてもものにならないだろう、という拘束であり抑制だ。「自信」ともいえるこれらの指向は、多方面の視野が遮《さえぎ》られた状態を作る。いつの間にか、前方のごく狭いエリアしか見えない状態になっている。同じ方向へ走るには都合が良いけれど、競走馬ではない。人生の可能性はもっともっと広いはずだ。

特に、自分が得意とする分野であるほど、理想が高くなり、積み重ねてきたものがあるから、もっと上を狙いたくなる。その理想どおりのものが、得られているうちは良い。しかし、自分の能力、他者との関係などから、目指したものと異なる結果しか得られない場合が往々にして訪れる。そうなると、「これは自分が求めてきたものではない」という不満が生じる。そこで、やり直しをしたり、再チャレンジができる環境ならば問題ないが、その理想と現実のギャップを受け入れ、諦めなければならないこともあるはずだ。

「拘る」か「諦める」か

ここで、拘り続けるのか、それとも諦めるのか、という選択を何度も繰り返すことになるだろう。死ぬか生きるかという選択ほどではない。深刻になる必要はないけれど、残り時間を考えると、どこかで決意しなければならないことは確かだ。諦めるなら、早い方がやり直しがきく。でも、諦めきれないから、ずるずると時間が過ぎる。このようなジレンマは、誰の人生にも多かれ少なかれあるものだ。

多くの場合、「思い切りやり抜け」というアドバイスが一般的ではないか、と思う。人に相談する場合は、おおかた、「諦めるな、とことんやってみろ」といってほしい。迷っている人というのは、たいてい背中を押してほしいものだ。

僕は、ほとんどの場合、「諦めなさい」ということにしている。学生から、将来のこと、仕事のことで、よく相談を受けたけれど、こんなネガティブなことを答える人は、あまりいないようだ。けれど、そういったことに対して、あれはいいすぎたと反省したこともないし、また僕のアドバイスで諦めた学生から、あとになって恨み言をいわれた経験もない。むしろその逆で、「実は、あのとき、ほっとしました」と何年かして語る人がとても多い。

人は、引き際を見極めきれないものらしい。どうしても現状に拘る。まだできる、もう少し頑張れる、と思いがちだ。だが、迷っているのは、やめた方が良い理由を持っているからだし、それが感じられるくらい思考も働いている。そのうえ、人に相談するというのは、やり続ける自信も充分に大きくはない。人に励まされて、それを糧に頑張ってみようか、と淡い期待を持っている程度である。続けることはむしろ簡単であり、やめることは勇気がいる。チャレンジとは、チャレンジし始めるよりも、諦めるときの方がずっと難しいものだ。

すべてがケースバイケース

人生は一回きりしか経験ができない。しかも自分一人で歩く道である。誰も同じ道を歩いた人はいないし、また同じ道をこれから誰かが歩くこともない。僕は、よく人生相談を受けるのだが、話を聞くだけ、ということがほとんどで、自分の意見をあまりいわない。僕の経験が役に立つことは、ほとんどないと思っているからだ。向こうが尋ねてくれれば、それなりの返事はするけれど、「あまり参考にならないと思うよ」ということにしている。

この法則ですべてが上手くいく、というものはない。すべてがケースバイケースである。同様に、拘りを持つよりも、すべてケースバイケースで、そのつど考えて判断する方が、より良い選択となる可能性が高いだろう。

そう、結局は、「こうした方が成功の確率が高い」という一般論、あるいは統計しか存在しない。ある状況で、ある人が判断に迷ったとき、その人を導くのは、その人の頭であり、その人の思考である。

他者に判断を求めることは、基本的に間違っている。「経験豊か」という言葉があるけれど、AIでもないかぎり、そんな人間はいない。ただ、年寄りの方が、過去の社会を長く観察してきたという程度だ。あなたが歩くのは、過去ではなく、未来なのである。

第5章

新しい思いつきにブレーキをかけない。

若者は、他者に憧れる

拘っているものは、普通は古いものである。拘ることで、排除されるのは、新しいことだ。したがって、「拘らない」とは、新しいものを尊重する、新しいものを素直に取り入れる、新しいものに目を向ける、という姿勢のことだといえる。

子供のうち、若いうちは、あらゆるものが自分にとって新しい。新しいものは、それだけで魅力がある。知らなかったことでもあるから、自分を驚かせてくれるし、あるときは感動もできる。経験してきたものは、あっという間に過去のものになり、早く捨て去りたいとさえ思える。もっと自分を新しくしたい、自分の考えに新しさを取り入れたい、と欲する。若い人ほどそうだろう。この状態がすなわち、「若い」という意味だともいえる。

新しいものは、おおかた他者からもたらされる。世の中にはもの凄く沢山の人間がいて、誰もが少しずつ違っている。他者の生き方、他者の作品、他者の言動に心を打たれる機会も少なくない。若者ほど、他者からの新しい文化に衝撃を受ける。否、衝撃を受けたいから、きょろきょろと探している状態だともいえる。

人は、人に憧れる。それは、自分の人生をその方向へ寄せていきたい、近づきたい、という願望を伴う。これは、人が成長するうえで、非常に重要な心理だと思う。そういった気持ちが、自分を引き上げるエネルギィ源となるからだ。どんどん憧れた方が良い。素直に憧れを持とう。どうせ自分には無理だから、と諦めるよりもずっと健全な状態である。

なにしろ、なにかに成功した人、社会的に認められた人は、ほぼ例外なく、誰かに憧れ、そして自分もそうなりたい、と思ったと語っている。重要なことは、憧れたときに、自分にもそれができる、と信じたことだろう。もちろん、憧れて、信じても、成功できなかった人も沢山いるはずだが。

「信念」とは、自分に拘ること

しばしば「信念」という言葉が使われる。自分を信じる気持ちというか、自分にはそれができる、という期待を持ち続けることである。

これは、自分の能力を信じるという意味とは、少し違う。人それぞれ、能力には差があって、たしかに競争になれば優劣がつく。しかし、人生における自身の挑戦には、制限時間はないし、ルールもない（社会の法律だけが守らねばならないルールだ)。躰さえ壊さないように注意して、好きなだけ努力しても良い。自分で稼いだ金ならば、なにに使っても良い。手際が良いも悪いもない。誰かのためにやっていることではないから、結果を審査されることもない。本当に自由なのである。したがって、「信念」は、持っている「能力」に応じて展開することができる。

「信念」は、自分に拘ることだといっても良いだろう。なにものにも拘らないけれど、自分に拘る。それくらいは、あっても良いのではないか。

そして、その自分が未来へ向かって、どんどん成長していくイメージを持つことが大切である。今はできなくても、いつかできるようになる。そういう信念を持てば、たいていのことは続けられるし、また目的に近づくことができる(達成できるかどうかは別だが)。

「成長」とは、自分が常に新しくなる、と言い換えても良いだろう。過去の自分、これまで築き上げた自分に拘ることなく、いつも新しいものを探して取り入れ、自分を変化させていく、という姿勢を、年齢に関係なく、いつも、いつまでも持とう。そうすることで、自然に進むべき道が見えてくるように、僕は考えている。

新しいものが好き

「新しいもの好き」という人は、割合多いように思う。新しいものを人よりも早く手に入れたくて、行列に並ぶ人もいる。僕はそこまでやったことは一度もないけれど、しかし、たいてい新しい技術を取り入れた製品に、若いときから手を出す方だった。新しいものは高いし、早く買うと損をすることも多い。ちょっと待てば、改善されるし、安くもなる。それでも、新しいものが欲しい。それはやはり、なにか自分が変化できるという予感があるからだろう、と思う。

もちろん、なんでもかんでも新しいものが良いというわけではない。新しいだけでは駄目で、新しい思想というか、これまでになかった発想というか、そういったものが取り入れられているもの、それを感じさせるものでなくてはいけない。

そもそも、新しいものを制限なくどんどん買うことはできない。経済的に無理だし、置いておく場所もない。そんな贅沢は、普通の人間には不可能だ。だから、本当に「どうしても、これだ」とぴんときたものが選ばれることになるだろう。

この「ぴんとくる」という感覚を、僕はとても大事にしている。ほかの言葉ではなかなか説明ができない。理屈ではなく、理論的な思考ではないかもしれない。

しかし、感覚的だとも思えない。少なくとも感情による好き嫌いではない。ある程度の理屈があって、イメージしたものとの対比が必ずあるからだ。

「なにものにも拘らない」と決めているので、もし迷ったときには、新しい方を採用することにしている。迷うというのは、自分にとって両者の価値が拮抗《きっこう》しているわけだから、残りの判断は、未知に賭けるか、既知に縋《すが》るか、という選択になるだろう。そういう場合には、未踏の土地へ進む気で、やってみることにしている。駄目だった場合のことは、もちろん考えたうえでの話だ。

新しいものに挑めば、これまでにない経験ができる可能性がある、というメリットがある反面、一般に古いものよりもコストや労力がかかる。多くの場合、その原因は、不慣れであること、経験が役に立たないことだ。つまり、エネルギィ的なリスクがデメリットとなる。

新しいものが億劫になる

結局は、かけただけのエネルギィに見合った価値が得られるかどうか、という問題になるが、その判定をするのは、自分自身、自分一人であるから、そんなに気にすることもない。自分は自分に対して贔屓《ひいき》ができるし、評価というのは気の持ちようともいえる。よほど駄目な場合は、失敗だったなと反省すれば良いだけのことだ。世にいう「勉強になった」というやつで、前向きに捉えればよろしい。

だが、こういった経験が重なると、どうしても新しいものを毛嫌いするようになる。これは動物的な感覚で、僕は犬しか飼ったことがないから犬の話になるけれど、ちょっと新しいものを試して失敗すると、二度と手を出さないほど臆病になる。犬は、大人になるまで（生後半年くらい）は好奇心旺盛で、新しいものが好きだが、一年足らずで大人になって、その後は同じことを繰り返す。散歩に出かけるコースも毎日同じ方が良い。違う道へ行こうとはしない。新しいおもちゃも喜ぶのは子供のうちだ。似たものなら大丈夫だが、全然異なるものは受けつけない。毎日、同じスケジュールで同じことをするようになる。「よく厭きもせず」と思うが、そういう感覚こそが人間特有のものなのだろう。

人間も歳を取ると、平均的にそうなる傾向にあるように見える。未知の可能性よりも既知の安全を選択しがちだ。今のままで充分だ、どうなるかわからないようなものに手を出して大損したくはない、といったところだろうか。

意識していなくても、新しいことへのチャレンジを、なんとなく億劫に感じてしまうことが増えてくる。これも歳を取るほど顕著になる、といって良いだろう。たとえば、スマホが使えない年寄りがいたりする。「頭がついていかない」とか、「マニュアルが読めない」という言い訳を耳にするけれど、若者はマニュアルなんか読まないだろう。

若い人は、わからなければ周囲の人にきいて回ることが恥ずかしくない。年寄りは、これができないようだ。素直に頭を下げられなくなっているからだろうか。今さら新しいことを取り入れなくても、これまで使ってきた方法で充分だ、というわけだろうか。こういう状況を、「信念」のごとく強調している人も見かけるが、単なる「不適合」であることに変わりはない。

「拘り」とは記号化だ

自身に対してブレーキをかけるのは、自由である。新しいものを見逃すことで、損をするのは本人であるし、もちろんそんな覚悟くらい持っているはずなので、とやかくいうほどのものではない。自由である。ただ、年寄りで困るのは、社会的な立場から他者に影響力を持っている場合があること。組織では、だいたい年寄りの方が偉い。本当に偉い年寄りは、年寄りの自覚があって、自身にバイアスをかけて自重することができるけれど、そうでない年寄りだって、高いポストに就くことがある。特に、営利的なポストではなく、形式的な立場で、「長」がついたことに気を良くして、影響力を確かめるように余計な発言をする人が、どこにでもいるものだ。周囲の若者は堪《たま》ったものではない。リスクを被るのは若者の世代であり、早く任期が過ぎてほしい、とみんなが祈っている。そういう話を何度聞いたことか。

これは、だいぶ古い文化である。そういう地位に就いて、自分の権威を確かめたい人はたしかにいて、そうするものだ、と思い込んでいる。自分が若いときに、上から理不尽な要求をされたりしているから、自分が上に立ったら、自然にそうなる、ということだろう。もちろん、反面教師として捉え、自分がその立場になったときには、そうはならないようにしたい、と考える人もいるだろう。こちらの方が理性的だし、人間的な思考である。

「拘り」というのは、一種の記号化である。上司がなにか拘りを持っていると、部下は対処がしやすい。上司のその点だけを配慮しておけば良いからだ。そんな忖度《そんたく》がエスカレートして、ますます「会長の拘り」が鮮明になる例が多々見受けられる。笑い事のような伝説として、各所で聞かれるものがあるはずだ。

情報公開が普通になり、また内部告発も当たり前になった。今後は、こういったものは消えざるをえない文化といえるが、そのシンプルさゆえ、周囲はやりやすかっただろう。上に立つ人は、そういった便宜を図るため、わざとわかりやすく拘ったのかもしれない。なにか、将軍様のお好みを気にする老中たちのようなイメージである。

「拘り」はブラックホール

「拘り」は、抽象的なものではなく、具体的なものを指定する。ここがわかりやすい記号化となる。誰だって、好きなものに拘るくらいはするだろう。チョコレートでなければならない、しかもこの銘柄でなければならない、と拘るから、プレゼントする方が迷うことなく、考える必要もなく、ただずばりのものを買ってくれれば良い。ここでも、「拘り」の省エネのメリットが発揮されている。

ところが、そもそもプレゼントするのは何のためなのか。それは誠意を示したい、おもてなしをしたい、好意があることを伝えたい、という気持ちの表現だったわけで、何を選ぶか「考える」ことで、渡す側の誠意、気持ち、熱心さを表現することになる。プレゼント品はこれに限ります、とあらかじめ決まっているのでは、単なる一口いくらの募金になってしまう（口数でしか気持ちを伝えられない）。わかりやすいことは、良いことばかりではない。

なにかの拘りを持っている、という意識は、おそらく最初のうちはない。ただ、既成の価値観で持続した方が面倒がない、省エネだ、という判断を自然にしてしまう。それによって、それ以外の選択にブレーキがかかる。これも、ブレーキをかけている意識は、最初はないだろう。同じ判断が繰り返されるうちに、「拘り」は鮮明になり、またそれから外れることに対するブレーキも強固になる。

拘れば拘るほど、拘りから抜けにくくなる。まるでブラックホールのように、すべてを呑み込んでしまう勢いだ。ある地点を越えると、理由もなくなり、判断さえ拒否するようになる。その拘りを抱いたまま死んでいく、と思えるほど固い決意が感じられて、周りは関わりを持たないように引いてしまう。

「拘り」は、単なるPRポイント

拘りを持つことが良いことだ、という価値観が今はたしかにあるから、本人も満足げに「拘り」を維持するようだ。もちろん、それなりにメリットもある。たとえば、有名人であれば、なにか拘りを持っていると、それが繰り返し紹介されるから、世間にも認知されやすい。一種の宣伝である。そういう手法がある。「拘りのラーメン店」なども、この宣伝効果を期待しているわけだ。

おそらく、マスコミは大助かりだろう。拘りがあれば、記事が書きやすい。インタビューのときに、必ず尋ねられるのが、「拘った点は何ですか?」というもの。本人がどこに力を注いだかを尋ねている。当たり前のように質問するのだが、本当は、どこが凄いのかを見極めて、記事にするのが評論であり、報道である。本人の拘りをきくのは、単にアピールポイントというか「売り」はどこかを尋ねているだけのことで、そんなことは自己PRすれば済むし、既にされているはずだ。取材をする意味がない、ということになる。今のマスコミは、そもそも存在価値を自ら消そうとしているように見える。

僕自身、そういったインタビューを受けると、「いえ、べつにどこということもありませんね」と曖昧《あいまい》に答えることにしている。インタビュアは（それでは記事にならないから）困るので、しかたなく考えて、いろいろ質問してくる。それに答えて、あとで出来上がった記事を読むと、「森博嗣はここに拘った」と書いてあったりする。べつに拘ったわけではないけれど、と思うのだが、インタビュアがそう受け取ったのだからしかたがない。

ようするに、拘りは良いもので、拘りのない作品などない。アーチストは必ず拘りを持っている、と勝手に決めつけているのである。そこまで作家は不自由ではない。アートというものは、もっと自由奔放な行為であり、なにかに拘っているのではなく、なにものにも拘らないフリーで捉えどころのない茫洋《ぼうよう》としたものをクリエイトしているのだ。それを、シンプルに、これに拘った、などと単純化してもらいたくない。

このことは、小学校の国語の授業で、「作者は何をいいたかったのか」という問題にも表れている。論述された文章であれば、テーマがあり、主張があるだろう。しかし、エッセイや小説には、そんなものはない。少なくとも、僕にはない。だから、この作品で作者はなにを訴えようとしているのか、という問題の答は、べつになにも訴えていない、である。

「拘り」は装飾的目印か

その延長で、作者が拘りを持っている、と読者はいろいろ決めつけたがる。僕もいろいろいわれている。そのほとんどは、そんなふうに考えるんだ、と感心するものだ。ただ、すべて外れているというか、ずれているように感じる。森博嗣が拘っているのは、小説が商品として売れることであり、そのために、読者が何に拘るかを考えて、それを小説の中に落とし込んで書いている。だから、森博嗣が拘っているのではなく、読者が拘っているものが、そこから読み取れるだろう。みんなが拘りそうなものを、想像して書いているのである。自分の拘りを書いたって、なんの役にも立たない。

小説以外のことでも、まったく同様である。小説家になってから始めた庭園鉄道の趣味は、珍しいものだし、誰にでも理解ができるローテクなので、これをネットにアップし、のちのちは本にしよう、というプロジェクトだった。結局、庭園鉄道の建設過程をネットでレポートし、それらを五冊の本にした（中央公論新社から三冊、講談社から二冊）。元が取れたとはいいがたいけれど、部分的にでもビジネスとして行ったものである。

森博嗣は、庭園鉄道が一番の趣味で、これを建設するために小説を書いた、という物語も、部分的には本当だが、しかしそれだけの目的で書いたわけではない。もっといろいろな夢があって、そのための資金が必要なので小説を書くバイトを始めた（結果として、小説家になった）。この目的は既に達成され、プロジェクトは成功だった。

今も、庭園鉄道関係のブログを細々と続けているが、本を買ってくれた方々へのアフタ・サービスとして行っている活動である。

一方、僕の趣味は、ほかにある。たとえば、一番の趣味はラジコン飛行機だが、こちらについては、本にはしていないし、ブログなどでも発信していない。一般の方にはわかりにくい世界だからだ。けっこうのめり込んでいるが、滅多に具体的なことを書かないし、写真などをアップしたこともない（そもそも、僕は自分のためには写真を撮らない人間で、ブログにアップするためだけに写真を撮っている。その場合も、アップしたらすべてメモリィから消している）。

何が書きたかったかというと、「拘り」というのは、このように外部に向けて「わかりやすい」目印的な存在であり、世間の多くの人たちが、その目印で個人を見る、ということである。看板やマスコット、あるいはキャッチフレーズのようなものだ。そして、けっして本質ではない。本人が、こちらを見て下さい、と指差した方向だというだけで、その人本人である保証さえない。

だから、「拘り」でその対象を見たつもりにならない方が良い。拘りの店でも、拘っている部分に囚われては、評価を誤ることになるだろう。そこだけを感じてしまい、ほかのものを感じるセンサが働かなくなってしまう場合があるから要注意である。

その意味でも、他者の「拘り」に囚われず、すなわち「拘りに拘らず」素直に感じ、素直に見て、自分の頭で考え、評価をすることが大切である。

本質を捉えることの大切さ

ものの本質を見ることは、そんなに大事なことなのか、という疑問を持つ人もいらっしゃるかもしれない。本質を見ることは、自身にとって有利である。本質が見えていない場合には、なにかを見せられているだけで、つまり他者に拘束されているような不自由な状態だから、思うように自分を活かせない。自分を活かすとは、簡単にいえば、「自在」に生きることだ。これは、僕の定義では、「自由」と同じ意味である。

言い方を換えると、本質を見ている状態が「自由」である。不自由になっているのは、本質が見えない状態のことだ。知りたいことを知ることができず、やりたいことができない。それが不自由というもの。なにかに囚われていると、不自由になるけれど、現代における他者からの支配というのは、実にわかりにくく巧妙になっている。警戒していて、ちょうど良いくらいだ。

世間の人は、宣伝に踊らされ、大勢の空気に流され、数々の絆で雁字搦《がんじがら》めに縛られている。自分が望む道を進んできたはずなのに、知らないうちに不自由な思いをしている。つまり、本質が見えなくなっている。誰かの意図で、隠されているからだ。

「拘る」ことが良いことだというのも、支配の一つかもしれない。いつの間にか、そう信じ込まされている。自分から進んで、なにかに拘ろうとしている。一種の洗脳のような支配ともいえる。

「拘る」ことは、自由にとってマイナスだ、と誰も教えてくれない。実に、変な話ではないか。ちょっと考えれば、容易に気づくことだが、現代人は、自分で思いついても、自分を信じることができない。ネットで調べて、そんな意見は少数派だとなれば、自分は間違っている、自分は変なことを考えてしまった、異常な思考だった、と慌ててブレーキをかける。こうして、自身の自由を手放していく結果となる。

自由な発想の大切さ

そもそも、どうして自分で自分の自由にブレーキをかけるようになったのか。

それは、周囲の目を気にしたからだ。俗にいう、「空気を読んだ」からだ。

人間は、社会を作る動物である。群生する動物である。何故、集団になるのか。それは、集団の方が有利な点が多々あるからだ。獲物を取るのにも、身を守るのにも、集団の方が強力である。一般に、人間を襲ってくるような動物は、集団で行動しない。だから、集団で立ち向かえば、有利になる。力を合わせるから、一人よりも強い。

ところが、思考では協力することが難しい。知恵を出し合い、議論をする程度しかできない。力は二人いれば二倍になるが、思考力は二人いても、二倍にならないのだ。

集団の場合、決断力はむしろ低下する。一人ならすぐに決断できるけれど、集団ではそうもいかない。また、誰か一人が素晴らしい思いつきをしても、周囲の大勢が関心を示さなければ、そのアイデアは無視される。特に、前例のない新しい方向性は、大勢には容易に認められない。数が多いだけで見かけ上、保守的になる。判断は遅れ、集団としては鈍感な行動を取る。

集団になれば、同じ議論を避けるために、しだいに仕来《しきた》りができ、前例ができ、一方では人間の序列ができるから、個人の自由な発想は活かされにくい。集団としての拘りのようなものが形成されてしまうからだ。

人間の歴史を振り返ってみると、つい最近まで、そんな保守的な社会に人は縛られてきた。なかなか新しい思想は登場せず、新しい技術も広がらない。広がらないから、途絶えてしまう。つい最近になって、もの凄い勢いで技術革新が続き、急速に人類社会は発展を遂げたが、これは、旧来の仕来りや思想に個人が拘らない社会になったおかげである。自由な発想をすることが、これほど社会を発展させた、という例証だといえるだろう。封建的な社会では、抹殺されてしまったはずのものが、大勢に注目され、また自由な商売になり、身分を超えてのし上がることができるようになった。それが現代の特徴であり、過去にはなかった条件なのである。

用意された楽しさに支配される

自由な発想にブレーキをかける環境が弱まった、といえる。個人でも、自身にブレーキをかけるのは、古来のものを引きずっている価値観だ。みんなにきっと認められない、自分だけ違うことはできない、これまでそんなことをした人はいない、ということでブレーキをかけたがる、そんな古い人格が、まだ個人の中に意識として残っているのではないか。

では、支配され拘束されている状態よりも、自由の方が良いのはどんな点だろうか。実は、これは難しい問題で、なかなか文章にしにくい。まず、逆のことを書くと、支配されている状態は、省エネで考えなくて良くて、もし良質な支配であれば、ある程度の安心も得られる。身を任せるような状態といえる。最近の豊かな社会は、みんなが支配されていて、安心とは国からもらうものだ、と考える人が沢山いるようである。

自由というのは、このような安心がない。自分のことは自分で考えなければならないから、ちょっと面倒だ。ただ、唯一ともいえる利点は、「楽しい」ことだろう。これは、自由になってみないとわからない。

なにしろ、支配する側も、「楽しいですよ」と誘って、大勢を拘束しているのだ。手軽に楽しめるものを見せて、その代わり金を取る。たしかに、金を払えば、一時の楽しさは得られる。でも、その金を稼ぐために、時間と労力を失い、疲れ果てるほど働かなければならない。一時の楽しさはたちまち消えてしまい、金も消えてしまう。結果として、時間と労力が失われた分、個人の未来は目減りすることになる。

用意された商品としての楽しさとは、たとえば「塗り絵」のようなものだ。指定の色を塗っていけば、整った絵が出来上がる。絵を自分で描いた気分が一時的に味わえるかもしれない。でも、作品が完成しても、なにも残らない。それはあなたの作品ではない。

自由がもたらす本当の楽しさ

それに比べて、自分で絵を描くことは大変だ。失敗する可能性もある。ただ、作品が出来上がったとき、そこにあるのは、まぎれもない世界唯一の作品であり、さらに、あなたは、その絵を描いたことで確実に成長するだろう。次に描く絵は、もっと良いものになるはずである。

現代人は、容易に楽しめるものへと流れがちである。そうしてもらえれば、商売になるので、楽しさを強調して、沢山のお楽しみセットが売り出されている。そんな支配を受けていることを、ときどき思い出した方が健全である。

言葉は悪いが、金というのは、自由を作る可能性を持っている。これを自分のために使えば、自分が自由になる。できるかぎり、売り出されている楽しさを買わないこと。自由になれば、それとは比べ物にならないほど大きな楽しさを味わうことができる。そして、自分で作り出した楽しさは、あなたが生きている間、消えることがない。

第6章

自由を維持するためには
エネルギィが必要だ。

「自由」はお金がかかる

「なにものにも拘らない」というのは、裏返せば、「自由」な状態に拘っていることである。この状態は、それだけで楽しいものだが、それ相応のコストがかかる。それは当然で、そもそも、なにかに支配されていること、不自由であることによって、エネルギィを節約していたのだ。

思ったことを、思いどおりに実行することが「自由」である。大富豪か王様でもないかぎり、これを完全に実現するのは、普通の人間にはまず不可能だろう。たいていの場合、欲しいものは高価だし、望ましい状況は、大勢の他者の協力が必要となり、そのためにコストがかかる。なにもかも自分一人でできれば、それに越したことはないけれど、個人の力には物理的な限界があるので、どうしても実現に時間がかかってしまうだろう。

たとえば、自分の家が欲しい、自分が思ったとおりの家に住みたい、と考える。建築家に設計を依頼し、建築会社に発注すれば、一年もかからないうちにほぼ実現できるが、何千万円もの資金が必要だ。もし、その金がなければ、自分で設計し、自力で工事をして建てるしかないけれど、そんなことをする人は滅多にいない。まず、仕事があり、学業があるから、自由になる時間がそれほど沢山ない。暇を見つけて一人で作ったら、何年もかかるだろう。十年くらいは軽くかかりそうだ。たとえ全部を自分で作ったとしても、材料費はゼロにはならないし、工具も揃えなければならない。それ以前に、建築の知識が必要で、その勉強をしなければならない。

実際、これを実行する人はいる。僕も友達で一人、それをしている人がいる（現在まだ完成していないが）。多くの場合、そういった途中の苦労が全部楽しみに変わるので、やれば本人は満足できるはずだ。だが、家族がどう感じるかは、また別問題だろう。

そもそも、家を建てる土地が必要である。地価の安いところを選べば、それほどではないかもしれないが、生活は不便になる。土地を借りることもできるけれど、いずれにしても、ただではない。

これは単なる一例であるが、どんな場合にせよ、自由に好きなことをするためには、投資的な資金が必要だったり、常時その状態を維持するためにも費用がかかる。自由というのは、けっして安くはない。

「趣味」の敷居は低くなった

人は皆、収入を得るために働いているのだし、その仕事で大部分の時間は拘束されている。普通の人に暇はない。だから、仕事を退くような年齢になったら、と自由な老後を夢見ている人も非常に多いのだが、その年齢になると、親の介護をしなければならないとか、自分や家族の健康に不安が生じるとか、新たな拘束が出てきて自由が奪われる。

人生設計をきっちり決めている人は少数だが、決めたからといって、そのとおりにはならない。世の中、ままならないものだ。特に、「家族で一緒に」と考えていると、実現はさらに難しくなるだろう。人それぞれであり、家族の個人もそれぞれだから、自分はそのつもりでも、また最初はみんながそのつもりでも、意思がずっと持続する可能性は、人の数が増えるほど低くなるだろう。

趣味にお金がかかることは、もう一般常識といえる。僕が子供の頃には、「そんな役に立たないものに金をかけるなんて」とか、「一銭の得にもならないものに時間を使うなんて」といわれたものだが、今はそんなことはなくなった。日本も西洋並みに豊かになり、なにか一つくらいは趣味を持ち、個人の楽しみを尊重する、といった環境はできつつある。そういった方面にお金をつぎ込むことは、かつてほど抵抗感がなくなったようだ。

それと同時に、趣味の方面で需要が見込めるようになり、多くのビジネスが参入している。そのため、かつてよりもずっと手軽に、つまり安価に体験できるようにはなっている。どの商売も、客を歓迎するし、初心者にはサービスする。たとえば、スキューバダイビングとか、ヨットとか、ハンググライダとか、かつてはけっこうな金額の初期投資が必要だったものだが、今は体験コースがあったり、初心者向けの教室などが沢山あって、ちょっと体験するだけなら、それほど敷居は高くない。

僕が子供の頃には、魚釣りが流行したり、みんながゴルフを始めたり、スキーやボウリングなども大流行したが、道具を揃えるのに相当な金額が必要で、趣味というのは高いものだ、という印象があったけれど、今はそれほど高価でもなくなった。ただ、一旦足を踏み入れ、本格的に楽しみたいと思えば、いくらでもお金をつぎ込む対象がある。やはり、高いことに変わりはない。ゴルフのクラブとか、かつてよりは安くなっているそうだが、それでも、どうしてこんなシンプルなものが、これほど高いのか、と知らない人はびっくりしてしまうだろう。魚釣りの釣り竿だってそうだ。そして、高い道具を買っても、それで上手くなるわけではない点も共通している。でも、気持ち良くできるし、楽しめるのだから、と躊躇《ためら》うことなく買うということか。

「趣味」への投資

僕自身、常に趣味にお金を使ってきた。国家公務員で安月給だったので、結婚した人（つまり奥様）は苦労が絶えなかった。家計を切り詰め、子供を育てるのも大変だったはずだが、そんなときでも、僕は自分の趣味には特別枠として、収入の十パーセントを支出していた。子供の服よりも、飛行機の模型を作る材料が優先されていたのだから、酷い話である。よくも離婚されなかった、と今になって冷や汗ものである。若いというのは、無謀なシーズンなのか、と反省はしている（今、その償いをしている最中）。

それでも、僕は「無駄に金を使った」とは認識していない。奥様に対しては、「よく僕に投資してくれた」と感謝をしている。

三十代後半で、小説を突然書き始めたときも、僕の奥様は「また新しい趣味が始まった」と思ったらしい。作品を書くためには、少々高級な椅子《いす》が必要だから、まずそれを買いにいったが、奥様は猛反対した。六万円くらいの椅子だったけれど、森家には大金だったからだ。

しかし、奇跡的にも、この新しい趣味、否、投資は大当たりして、大金を稼ぎだす結果となった。そのおかげで、僕は四十代後半で勤め先を辞め、遠い地へ引っ越し、そこで毎日遊んで暮らしている。奥様も好きなものを思う存分買うことができ、どこへ遊びにいくのも自由で、優雅な生活を満喫されている。

「自由」への投資

さて、この場合、僕としては「小説」は趣味ではない。奥様がそう勘違いされたようだが、もともとそんな趣味はなかった。文芸部などに入ったこともないし、小説を書いて投稿したのも、そのときが初めてだった。僕は、小説がそれほど好きではないし、実際ほとんど読まない（今は、一年に二冊程度）。

では、何だったのか、というと、最初からビジネスだと認識して始めたことだった。何故仕事かというと、自分の趣味の活動が、どうも資金難で、思いどおりに楽しむことができなかったからだ。もっと遊びたい、それには少々お小遣いが必要だ、でも子供も大きくなったし、家計も苦しくなりつつあったから、自重しなければならない。そういう状況を打破するために、バイトを始めてみようか、という感覚だった。高い椅子を買ったのは、趣味の悪い癖(道具を最初に揃《そろ》えたくなるのだ)が出たかな、といったところか。

小説を書くことが、一番初期投資が少なく(椅子だけだ)、また技術の鍛錬の必要もなく、すぐに商品を作り出せる道だと考えたので、試してみたのである。なにしろ、まったくの理系だから、数学や物理しかまともな点が取れなかったし、国語が一番苦手な科目だった。僕は文章をすらすらと読めないし、漢字は書けないし、なによりも作文が大嫌いだった。そういう人間が、小説を書いてみよう、と思ったのは、とにかく拘らない人間だったから、としか説明のしようがない。

周囲の誰もが驚いたし、僕の両親もびっくりしたようだ。僕自身、まさかこんなに大当たりして、これが本業になるとは思ってもみなかった。珍しさから、編集部の目にとまって、少しでもお金になれば良い、という程度の期待だったのだ。

こうして、定年まで勤め上げてもけっして手にできない大金を得て、何が変わったかというと、とにかく自由にものを考え、自由に行動できるようになったことだ。好きなところに住んで、好きなことができる。子供たちが大学へ行くまでは、同じ街に住んでいたが、その後は、夫婦二人だけで遠方へ引っ越した。それも一回ではない。そのつど、広い土地を購入し、そこに家を建てた。僕は、そこで毎日工作をしているし、奥様は絵を描いたり、旅行に出かけたりしている。犬たちと一緒に住んでいるが、柵《さく》のない庭園では放し飼いである。犬も自由なのだ。

「拘らなかった」ことが勝因

そして、ここからが大事な点である。

僕は、作家になりたかったわけではない。ただ、仕事の手法として執筆を選んだにすぎない。僕の目的は、より自由になることであって、作家という仕事には、なんの拘りも持っていない。そもそも、仕事に拘らなかったから、まったく違う世界へあっさりと飛び込むことができたのだ。

作家としてデビューしたときは、ミステリィのジャンルだった。ミステリィというのは、形式がしっかりと決まっているため、初心者の僕には書きやすかったからである。運良く、デビューができたのだから、普通だったら、そのままミステリィ作家で作品を積み上げていくのだろう。だけど、僕はミステリィにも拘りを持っていない。それどころか、小説にも拘っていない。だから、ネットでブログを始め、ブログをそのまま本にして出版した。これが既に三十冊くらいの書籍になっている。

ブログに書くことは、ほとんどが趣味の話である。これまで、お金を使うばかりだった僕の趣味も、こうしてようやく日の目を見て、役に立つ（金を稼ぐ）ことができたというわけである。

ブログを本にしたあたりから、エッセィも書けると思い、少しずつ小説から執筆活動をシフトさせている。また、小説自体も、ミステリィを脱して、もっと自由な創作へとシフトしている。デビューして二十数年になるが、三百冊以上の本を上梓した。それらの発行部数の累計は千六百万部を突破している。

いつまでもこれを続ける気もなく、いずれあっさりとやめるつもりだ。ただ、お世話になった方、出版社への義理があるため、現在は仕事をできるだけ減らし、細々と執筆を続けているにすぎない。

「研究」はほとんど趣味

大学に勤めていたとき行っていた研究は、後進にすべて譲った。自分が成し遂げたものは、すべて論文になって公開されているので、もう未練はない。あれは、若いときだからできたことだ、とも今になって振り返る。やっている最中は拘っていたけれど、今は一切拘りはない。

大学を辞めたあとは、ジャイロモノレールという技術の研究を突然始めた。大学にいた頃は、コンクリートの研究を主に行っていたが、まったく違う機械工学のジャンルである。この研究を十年ほど続けて、ようやく一冊の本を書くことができた（二〇一八年、幻冬舎新書から発行）。研究には時間と資金を注ぎ込んだから、本を一冊書いた印税くらいでは元は取れないけれど、これは趣味なのだからしかたがない。ビジネスではないのである。

そういう意味では、大学での研究は、ほとんど趣味だったかもしれない、と個人的に考えている。給料をもらって趣味を楽しんでいたので、不謹慎に聞こえるかもしれないが、研究というのは、ものになるかならないかわからない。国が個々の研究者に投資をしているのだ。そのうち何人かが社会で役に立つものを発見し、それが大勢に利益をもたらす。僕の研究が、そうなったかどうかはよくわからないけれど、基礎研究が応用され、実用化するには長い年月がかかるものだ。

研究成果はたいてい若いときに築かれる。歳を取ってからは、大学や学会の運営のために時間を使い、研究以外のことが仕事になる。これからそちらの仕事が増えそうだ、というところで、抜け出すことができたのは、個人的には大変な幸運だった、と思っている。それを狙って小説を書いたわけではない。大学には、良い思いだけさせてもらったことを、とても感謝している。

拘らずに、一人自由に遊んでいる

今は、広い敷地内におもちゃのような鉄道を建設している。たった一人で日々工事をし、車両を作り、それに乗って走っている。僕一人だけの楽しみであり、誰かのためのものではない。だから、自分の好きなように作っている。実物に拘ったスケールモデルではない。自分が好きな形に作り、好きな色を塗っている。

ネットで、この庭園鉄道の様子をレポートしているのだが、日本人よりも海外からの反応の方がずっと多い。特に、車両がユニークだとよくいわれる。ボール紙で作った機関車も多く、カラーリングにも拘りはない。そのときそのつど考えて色を決めている。ピンクやオレンジ色の蒸気機関車もある。本物に似せたスケールモデルは、ほんの一部しかない。本物のとおりに作るような拘りは僕にはない。どうして、模型マニアはそんなに本物に似せようとするのか理解できないでいる。

僕の鉄道は、「欠伸《あくび》軽便鉄道」という名称だが、カラーリングについても、欠伸カラーのようなものを決めれば、統一感があって、実物らしくなったかもしれない。だいたい、どこの私鉄もカラーを決めているものだ。色に拘るのは、決めてしまえば、そのあとが楽だからである。僕は、いちいち何色にしようかな、と考えるのが楽しい、と感じているから、色を決めていない。おかげで、列車になると、色がさまざま、赤、黄色、ピンク、青、オレンジ、緑、紫と並ぶので、この光景が珍しい、とよく指摘される。そういわれてみれば、そうだな、と思う。部屋のインテリアもカラーを統一した方が美しい、とよくいわれているけれど、そういうものを僕は信じていない。色はばらばらで良い。そのつど、好きなものを選ぶことに価値がある、と思っている。

面倒を楽しいと錯覚する

もっとも、その庭園鉄道では、唯一拘らざるをえないことがある。それはレールの間隔だ。線路は、レールの幅（左右二本のレールの距離）を「ゲージ」と呼ぶが、これだけは決めておかないと、同じ線路を走れなくなる。僕の庭園鉄道は五インチ（約一三センチ）である。この規格は、日本やヨーロッパで統一されているもので、部品などはどの国でも入手できる。

しかし、実物の鉄道のゲージは統一されていない。同じ国でもさまざまである。日本も新幹線と在来線ではゲージが違うから、同じ車両は相互に乗り入れできない。この問題を解決するため、フリーゲージという車両が存在する。違うゲージの線路を走れる。つまり、車輪の間隔を自由に変えられるから「フリー」なのだ。ある意味、ゲージに拘らない車両といえる。ただし、もちろん問題も多い。まず製作費が高い。メンテナンスも大変だ。これなども、「拘らない」ことが「高くつく」例の一つといえるだろう。

高くつくなどと、お金がかかるという表現をあえてしたが、もう少し抽象化すると、エネルギィが常に必要だ、という意味になる。拘らない状態を維持するには、いつも気を遣い、意識を高く保って、自分に対して細かい軌道修正をしていく必要がある。ぼんやりとしていられない。もちろん、「拘る」状態が、そのぼんやりを目指しているのだから、当然その反対になるわけである。

そんなことは面倒だ、と感じる人が多いと思うけれど、「生きている」状態を保つためには、同じようにエネルギィが必要であることを思い浮かべてもらいたい。歳を取ると、いろいろなものが面倒だと感じるようになり、だんだんなにもしなくなる。考えなくなり、新しいことをしなくなる。「生」が不活性になっていくのだ。これが目指すものは、究極の省エネであるところの「死」という状態である。一度ここに至ると、もはや戻ることはできない。「死」はとてつもなく安定していて、もうなにもしなくて良く、維持するためのエネルギィも不要だ。「生」とはつまり、このエネルギィ消費の面倒を「楽しい」と感じる（あるいは錯覚させる）頭脳によって支えられている。この感覚を鈍らせれば、もう滑り落ちるように、不可逆的な「安定」状態に向かうしかない。

したがって、そうなりたくなければ、重い腰を上げて、とにかく、楽しさを探すことである。自由を目指すことも大事だ。そういう姿勢にまずなること。「生きる」とは、基本的に面倒くさいことなのであるから、面倒くさがってはいけない。

新しい発想を求めて

「なにものにも拘らない」を座右の銘にしたからといって、壁にこの言葉を張ったり、毎日一回お経のように唱えているわけではない。そうではなく、なにかを判断するときに、いつも思い出すこと、これが基本である。自分の判断は、なにかに囚われていないか、古い価値観に知らず知らず拘っているのではないか、と疑うことにしている。

また、逆にいえば、常に新しいもの、これまでになかったものを見つけようと努力をすることで、必然的に現状の古さが見えてくることもある。僕は、もともと新しいもの好きだったので、その点では好都合である。自分を驚かせてくれるものに出合いたい、といつも期待している。

多くの場合、あるジャンルに入った初期には、新しいものばかりだから、驚きの連続だが、しばらく体験を重ねると、だんだんパターンもわかってくるし、類似のものが多いことにも気づく。そのため、刺激は少なくなる。だから、また新しいジャンルへ飛び込む。これは、少なからずエネルギィが必要であるけれど、たとえば本を読むという体験であれば、本代と読書の時間だけの消費で済む。おそらく、もっとも安上がりで、しかも内容の濃い体験が、この読書というチャレンジだろう、と僕は思っている。

新しいものや発想を見つけるために読むのだから、自分の好きなジャンルで選ぶことは避けている。できるかぎり、遠いジャンルの本を読む。本は、遠いジャンルのものでも、同じ書店の棚に並んで置かれている。こんな商品はほかに例がない。だいたいの店は、限られたジャンルの商品を陳列しているものだが、本屋だけは、とんでもなく広範囲のコンテンツが揃っている。それに、どんなジャンルの本でも、同じ言葉で書かれているから、誰にでも読むことができるのだ。本という商品の特殊性がそこにある。

雑誌を読むのが趣味

また、本の中でも、僕は雑誌を好んで読む。その次はノンフィクションで、最近は新書が多い。残念ながら、小説を読むようなことは滅多にない。

雑誌というのは、非常にスペシャルなコンテンツが、あるジャンルに関連して詰め込まれているし、情報としても新しく、同時に最先端だ。特に、趣味に関する本のスペシャルさは素晴らしい。ただ、日本の雑誌は、まだまだジェネラル指向が強く、マニアックになりきっていない点に、僕は不満を持っている。たとえば、鉄道模型の雑誌は、鉄道模型全般を扱っている。読者を少しでも沢山取り込もうという姿勢であるが、このやり方は、現代では既に古いと思われる。海外の模型雑誌は、もっと特化されている。日本でいえば、ガンダムの雑誌、くらいがスペシャルさにおいて適切だと思う。

最近、日本の雑誌業界は斜陽であるが、僕は、あらゆる分野の創刊号はたいてい買って読んでいる（ちなみに、僕は立ち読みをしない）。僕が子供のときには、少年向けの工作関係の雑誌が幾つもあった。その種の雑誌で僕は育った。学校で教えてもらったことより、はるかに沢山のものをそこから学んだ。今は、そういう雑誌や本は見かけなくなっている《『子供の科学』〈誠文堂新光社〉は続いているけれど）。

数百円の本や雑誌でも、お金を出せないという人は多いことと思うけれど、その値段で、自分を常に新しくできるのだから、投資としては、安くて、しかもリスクが小さい。それができないのは、自分の好きなものにお金を使わなくてはいけない、と拘っているからだろう。その拘りが、自身を縛っていることに気づくときが、いつか来るのではないか。

こうして、自分に投資したものは、未来に必ずなんらかの形で戻ってくる。それは感じられる楽しさの大きさだったり、あるいはビジネス的な成功をもたらして、ずばり大儲けにつながったりするかもしれない。

エネルギィを惜しまない

人のことをとやかくいうつもりはないけれど、多くの人たちを見ていると、「拘る」というよりも、「拘らされている」ようだ。拘ることに投資している。ブランドもののバッグは、のちのち高く売れる、と踊らされて、結局は消費しているようなものである。自分で作った拘りではない、買った（買わされた）拘りだ。その楽しさは、自家製ではない。買う商品に拘っているだけで、しかも、その商売のキャッチが「拘りの逸品」だったりするだけで、いったい誰が何に拘っているのか、意味がわからない。

空を飛ぶ鳥も虫も羽ばたいている。翼や羽を常に動かしているから浮いていられるのである。高い視点を持つことは、それを持たない者よりも、あらゆる面で有利であり、また自分が求めているものを発見する確率も高くなる。そのポテンシャルを維持するためには、エネルギィを惜しまず、羽ばたき続けるしかない。

第7章

死ぬとは、死に拘るのをやめることだ。

生きているから考えられる

「生」に拘ることが生きることだ、と既に述べた。一方で、「死」に拘ることも、生きている所以《ゆえん》である。生きているものだけが、死を予感し、死を恐れ、あるときは死を選ぶ。死者は、なにも予感せず、なにも恐れず、そして選ぶこともしない。

「死に取り憑かれた」という言葉をよく耳にする。実は、僕はときどきこれをいわれる。そういうことを書いているからだろうか。そんなつもりはないのだけれど、受け取る人によっては、そう見えるのかもしれない。

既に書いたが、日本人は、死を忌み嫌う。否、どの国の人も、どんな時代のどんな民族であっても、死を忌み嫌うだろう。ほとんど、これを原動力にして宗教というものが形作られたようにも考えられる。それくらい、人間は死に拘っているのだ。

ただ、一つだけ確実なことがわかっている。死に拘れるのは、生きているうちだけである。だから、死とは、死に拘ることをやめたときに訪れる。それは、死を受け入れる、という意味でもある。

死は、受け入れたくなくても、強引にその人に襲いかかるものかもしれない。僕は、死んだことがないので、よく知らない。死というものをイメージはできるけれど、イメージしたところで、なにがどうなるものでもないだろう。

生と死は、表裏一体であって、どちらかだけが存在する概念ではない。生があるから死を定義できる。その逆もまた真だ。これは、たとえば、左右や上下と同じ。「ある」があるから「ない」があるようなもので、ようするに、状態をどちらと捉えるかという違いでしかない。たまたま、生きているものが考えるから、こういう概念になる。

「死」をイメージする

自然の中で、沢山の生命がどんどん誕生し、その数だけ確実に死んでいる。生まれた数と死ぬ数は同じだ（これは、憶測だが、反論はできないだろう）。

たとえば、竜巻は自然に発生し、短い間だが生き物のように活動する。竜巻は、不安定な気象条件の下で発生し、周辺のものを巻き上げ、破壊しながら移動して、最後には消えていく。生命も、これと同じで、条件が揃ったところで発生し（生まれ)、しばらく生きたあと死んでいく。死んだら単なる有機物で、酸化して崩壊するか、あるいは、他の生物が消化する。

たまたま、人間は生きているうちに、こういった自然の営みを観察することができ、死という現象を考えることができる知性を持っている。誰も死んだことはないのに、それを語ることができるのは、死者を観察し、死という事象を、外面的には理解しているつもりだからだ。けれども、自身の死をイメージするときには、自分の目に見える光景、感じられるだろう各種の状況を思い浮かべるわけだから、少なからず内面からの視点になっている。自分が死ぬところを、高い位置からカメラで捉えるようなイメージではないはずだ。

だから、死とはあくまでも主観的なものである。客観的には、よくわからない。肉体がどうなるのか、といった現象面は予想ができるものの、気持ちや精神がどうなるのか、といったことは客観的には論じられない。

そういうことを話題にするのも憚《はばか》られる。興味があるくせに、話せないので、自分一人でときどき、ふと思い出す程度であり、まったく考えはまとまらない。

死ぬな、と思ったとき

よく指摘されることだが、死を想像するときには、「いつ頃、自分は死ぬだろう」という時期、あるいは大まかな時間的な予測しかしない。「自分は、どこで死ぬのだろう」という地理的な想像はほとんどしないようだ。今どきだったら、病院のベッドが確率が高い。でも、そこへ運ばれたことさえ気がつかないまま死ぬ場合も多いだろう。

交通事故などで死ぬ場合は、（想像だが）ぶつかる瞬間に、「あ、死ぬな」くらいは考えるのではないか。「痛い」と思うような間はないと思うが、それ以前に、音を聞いたり、力を感じたりする。ほんの一瞬だが、その一瞬はけっこう頭が高速で回って、かなり考えられるはずだ。すぐに意識はなくなり、眠ってしまい、そのあと死ぬことになる。だから、どこで死ぬかなんて、考えてもしかたがない、といえばそのとおりだ。

そんな話をすれば、死ぬことなんか、考えるだけ無駄で、それより、生きている間に何をするかを考えよう、と誰もが気持ちを切り換える。せいぜいそこらへんが、普通だと思われる。

一年ほどまえになるが、ドライブしているときに、急に目眩《めまい》に襲われ、前方の視界は二重になった。これは危ないと思い、乗っていた家族に告げて、片目を瞑《つむ》って運転して、安全な位置に停車させた。

その後、急に気持ちが悪くなり、目は回るし、きっとこれは脳の病気だな、いよいよ死ぬときが来たな、と思った。ただ、ドライブの途中だし、車には家族や犬たちが乗っているので、今死んだら大変だな、とも考えた。それでも、気分が悪く、胃の中のものはすべて吐いたし、もう座ってもいられない。ただ、意識ははっきりとしていて、会話はできる状態だった。

生き延びた、と思ったとき

救急車を呼んでもらい、すぐに街の病院へ運ばれた。僕は、成人以来、病院へ行ったことが一度もない(他人の見舞いならばあるが)。運ばれた病院がどこなのかもわからなかった。ただ、周囲の人たちの話は聞こえるから、何が起こっているのかは、だいたいわかる。目を開けると、目が回って気持ち悪くなるから、ずっと目を閉じていたが、ときどき、少しだけ開けて、どこなのか、周囲に誰がいるのか、を確かめていた。

運ばれたのは、脳神経外科である。CTとMRIのために、病院の中をストレッチャに乗ったまま慌ただしく移動した。それらで頭を調べた。最後は、手術室のような場所へ運び込まれ、数人のスタッフが周囲にいたが、コンピュータの画面を見つめている医師のリーダのような人が、首を傾げてから、「脳梗塞《のうこうそく》は見つかりませんでした」と僕にいった。

見つかったら、すぐに手術だったようだが、それは回避された。点滴だけを受けて、病室へ運ばれ、その後は二時間おきに看護師が来て、目にライトを当て、脈を測り、血圧を測定した。点滴は三日間、昼も夜もずっと受けていた。

とりあえず、すぐには死なないのかな、とその日の夜に思った。というのも、もう吐くこともなく、気分も落ち着き、体調が少し良くなりつつあったからだ。自分の感覚が最重要で、良い方向なのか悪い方向なのかくらいは、大雑把でもわかるものだ。その日は立つこともできなかったが、翌日には、自分でトイレへ行けるようにもなった。

急にベッドで寝たきりになったおかげで、考える時間は沢山あった。最初は、このまま死んでも良いな、あっさり死ねたらラッキィだな、と考えていたけれど、気分が回復すると、生きる欲が出てくる。もしかしたら、もう少し生きられるかもしれない。家に帰ることができるかもしれない。でも、また発作が起こって、次は駄目かもしれないじゃないか。だったら、家族に幾つか伝えたいことがある。たとえば、口座のパスワードとかだ。それから、書斎に積み上がっている本のどの山のどのあたりに、十万円くらい現金が挟んであるから、気をつけなさい、とかである。

実際、それくらいしか思いつかなかった。仕事に関しては、ちょうど一作書き上げて、編集者へ送った日だったし、週刊連載をしていたけれど、毎回二週間以上〆切より早く送っていたので、しばらくは余裕がある。しかし、仕事関係には連絡くらいした方が良いだろう。このまま入院が長引く可能性があるからだ。精密検査をしたら、原因が見つかって、やっぱり手術になる可能性だって充分にあるだろう。

死に至る予定

あまり、生き延びたいという気持ちにはならなかったけれど、痛いとか、気持ち悪いとかの思いだけはしたくない。手術は麻酔をするから痛くないけれど、そのあと気分が悪くなったりするのは勘弁してもらいたい。そうなるよりは、眠るように死にたいものだ、と考えたが、どうやったら、眠りながら死ねるのか、医者にきいても、きっと教えてもらえないだろう、というくらいは理解している。

二日経ったところで、iPhoneを持ってきてもらい、仕事関係の二箇所へメールを書いた。この頃には、ずいぶん体調も回復してきて、もしかして、単なる貧血だったのではないか、と自分では思った。

目眩は、初めてのことではない。たまにある。目が回ったら、じっと横になってやり過ごすことにしているのだ。それの酷いやつだったのではないか。

精密検査をしても、悪いところは見つからず、癌《がん》でもないし、三半規管の異常でもなかった。結局その後容態は安定し、食事もできるようになり、一週間後にあっさり退院となった。

退院後は、また元どおりの日常に戻り、雪が残っていたけれど、犬の散歩に出かけたり、庭園鉄道に乗ったり、執筆を始めたりした。ブログが中断したので、心配した読者もいらっしゃったが、この歳になったら、これくらいのことはあるでしょう、といえる。驚くほどのことでもない。

今でも、二カ月に一回通院しているが、まったく健康である。毎日血圧を測っているが、全然正常。血液検査を、退院後四回行ったが、異常値は一つもなかった。こんなに自分が健康だなんて信じられない。子供のときは病気がちで、医者や薬のお世話になっていたのである（だから、成人して意を決して、薬を断ち、医者にも病院に近づかないように努めていた）。

そういうわけで、退院して一年半ほどになる。その後、何度か医者に会っているが、会うたびに「なんともありません」と話している。目眩も、その後は一度もない。還暦は昨年だったが、僕としては、そろそろ癌になるだろうな、と考えていた。そうなれば、良い機会だから一切の仕事をやめて、人間関係も遮断し、あとはなるようになるだろう、くらいに考えていた。仕事をやめるのは、癌だとわかったら、余命がそれほどないわけで、それくらいは今の財産で食いつなげるだろう、という予測からだ。

延命治療は受けない

数年まえから、仕事は一日に一時間しかしていない。それもやめる、ということだ。なんというのか、死ぬときくらいは、外部と完全に隔離された孤独が好ましい、と思っている。本当なら、家族とも別れて、独りでどこかでひっそりと死にたいところだけれど、それは物理的に無理だし、余計にお金がかかる。

今も、まったく贅沢はしていない。ほとんど外食はしないし、したとしてもハンバーガとかサンドイッチ程度である。そもそも、僕は毎日まともに食事をするのは一回だけ。朝はミルクティだけ。昼は、ときどき菓子パンくらいを食べる。夜の食事は、あえて敬称の方が作ってくれるが、実にシンプルで、量も控えめな献立である。酒は一切飲まないし、煙草も吸わない。コーヒーを毎日二杯程度。店で飲むことはない。

僕は、犬の散歩とドライブに出かける以外は、家（と庭）から出ない。だから、交通機関に金を使うこともない。外泊もしない。かなり質素な生活だと思われる。生活費がどれくらいかかっているのか、今は把握していないが、もちろん、貯金は増える一方である。だから、仕事をしなくても、最後の十年くらいは生きていけるだろうし（十年も生きないと思うが）、その後の奥様の生活費も大丈夫だと思う。

病気になったときに、高価な治療は受けないことに決めている。命にそんな価値があるとは考えていない。命は掛け替えのないものだと認識しているけれど、病気になった場合は、あっさりと諦める覚悟がある。苦しみたくないので、その方面の治療くらいは受けるかもしれない。もちろん、意識がなくなった場合には、それ以上の治療はしないでほしい、と家族には伝えてある。

死の覚悟がない？

現代は、これまでの歴史の中でも、個人の命を最も高く見積もる時代だといえる。倫理的な価値観は、個人によってさまざまだが、老人に対する医療行為は、あまりにも行き過ぎているように、僕は感じている。もう充分に生きたのだから、そこまですることもないだろう、と思う場合が多い。だが、そういうことは、おおっぴらにいえない空気が、だいぶまえから日本の社会を支配しているようにも感じる。

この頃では、七十代で亡くなっても「早すぎる」といわれるが、早いか遅いかは、年齢ではなく、その人の時間、その人の生き方によるだろう。周囲の人たちが、「早すぎる」と惜しむのはしかたがないにしても、本人まで「まだ死ねない」と思うのは、なにか一つ欠けているものがあるように感じてしまう。それは、老人になったら、誰でも少しくらいは考えて、予測しておくべきものだ。簡単にいってしまえば、自分が死ぬことくらい覚悟しておいたらどうなのか、といったところか。

僕は、これまで病院に行ったことがなかったのだが、僕の父を国立病院へ送っていったことがある。そのとき、駐車場が満車だったので、外の道路で、ときどき走り、ときどき停車して待っていたが、二時間経っても連絡がない。そのうち電話があって、父が病院から出てきた。やっと終わったのか、と思ったら、「今日は、混んでいるから、諦めて帰る」というのだ。

母も、病院に苦労して通っていた。何度か送っていった。父も母も、最期はあっさりとしたものだった。本人が病院が好きだったのだな、と僕は解釈している。

病院が好きな人が多い

その僕が病院へ二カ月に一度通うことになったが、脳神経外科の待合い室は、ほとんど老人ばかりで、僕よりも歳上の人たちのように見えた。みんな、待ち時間が長く、いらいらしていた。もちろん、予約した時間に来ている人ばかりである。僕も毎回一時間以上待たされて、先生に会い、一分ほど話をして終わる。そのあと、処方箋をもらうために待ち、また薬局でも待たされる。病院へ行く日は、半日仕事になってしまう。それでも、僕は本を読んでいられるから、気にしていない。周囲の苛立《いらだ》つ声が、読書の邪魔になる、という程度だ。

そんなに待つのが嫌なのに、どうしてみんな病院へ通うのだろう。たぶん、僕と同じように、なにか不具合があって救急車で運ばれるか、家族に連れてこられたのが最初だったのだろう。そのときは、なんとか乗り越え、その後は、薬をもらうために通っている。医者というのは、たぶん老人には、「もう来なくてよろしい」とはいわないのではないか。少なくとも、僕はまだそれはいわれていない。

僕の場合、最初の病院の主治医が転勤になり、近所の個人医院を紹介された。そこは、待ち時間が数分ですぐに診てもらえる。家にも近いので、だいぶ楽になった。ただ、脳神経外科ではない。内科だ。いったい、僕の病気は何だったのだろう。新しい内科の先生の診立てでは、「良性突発性目眩だろう」といわれている。耳の中で、小さな石が固着するもので、寝返りを打たない人がなりやすいとか。たしかに、僕は寝るときと起きるときと、ほとんど同じ姿勢で、最近は特にぐっすり眠っている。十年まえにも、同じような目眩に襲われたが、躰を同じ向きにしてじっとしていれば、目眩は収まる。今回は運転中だったので、それができず、気持ちが悪くなってしまったのだ。乗り物酔いに似ている状況らしい（僕は、乗り物に酔わない人間なので、ぴんとこないけれど）。対処法としては、毎日起きたときに、頭を左右に傾けることだそうだ。本当だろうか、と僕は首を傾げている。

「孤独死」の何が悪いの？

この歳になって、ますます人づき合いを減らしているので、最近、人の話を聞く機会がほとんどない。でも、メールは来るし、ブログは読める。知合いの老人たちは、飛行機や鉄道の模型に熱中している人ばかりで、誰も愚痴など一言も漏らさない。そもそも、家族の話もしない、孫の話もしない、そういう人ばかりなのだ。

ところが、僕の奥様がつき合っている人たちは、常識人が多く、普通の老人が沢山いるようで、そういう人たちの話を、彼女を通して聞くと、健康に対する愚痴、病気の話、誰がボケたとか、誰が寝たきりになったとか、かなり悲愴な話の割合が多くて、格差を感じる。ただし、それにしては、あっけらかんとしたもので、そもそも普通のおしゃべりにそういう話題を盛り込むのが普通らしい。もしかしたら、誇張されているエンタテインメントなのか、それとも頑張っていることの自慢なのか、いずれかの可能性もある。それから、家族や孫の話が多くて、まるで連載の物語を聞かされているようだ。どうしてそんな話を無関係な他人にするのか、と僕は不思議に思う。

最近は、日本のTVも新聞も見る機会がないけれど、ネットで話題になっているものが目に入る。マスコミは、「孤独死」をもの凄く恐ろしいもののように書き立てている。孤独死というのは、一人暮らしの人が死ぬことのようだが、その人が孤独だったかどうかなんて、まったく調べてもいないし、確認もしていないのだ。一人の生活で、自由を謳歌《おうか》していた人だったかもしれないのに、大変な侮辱だと感じてしまうが、いかがか。

僕が死んだときに、「孤独死」だといわれたらどうか、というと、死んだらなにも感じないから、どちらでも良い。でも、自分の死後の自分に対する評価を気にする人も多いと思われる。だから、一人の生活になったら、せっせとブログでも書いて、毎日楽しくてしかたがない、遊び呆けていますよ、とレポートしておくのがおすすめだ。ただ、そうなると今度は、「もっと生きたかったのではないか」などと無念を同情されるのがオチである。したがって、どうしようもない。死とは、そもそも「どうしようもない」ものなのである。

死を忘れている日常

人間誰しも、自分が死ぬことを知っているはずで、もちろん、ある程度は覚悟もできているだろう。でも、普段のんきに生きていられるのは、死を覚悟しているからではなく、「しばらくは大丈夫だろう」という曖昧な楽観にすぎない。根拠のない非科学的な楽観だが、自分一人でそう思い込めれば、それで効果としては充分である。誰かを説得するような議論は不要だ。

どうして、死を棚上げにできるのか、人間の精神構造がどうなっているのか知らないけれど、一時的に死を「忘れている」という状態に近いかもしれない。死を意識から遠ざけているのだ。これは、そのとおりだと感じる。僕はけっこう、いつも死について考える方だが、それでも、工作をしていたり、仕事をしていたり、なにかに熱中したりしているときは、死ぬことを忘れている。

僕はもの凄く忘れっぽい人間なので、自分だけこうなのかな、と思っていたが、そうでもないらしい。みんな忘れっぽいのかな、と最近では認識を改めた。特に、歳を取って、死に近づくほど忘れっぽくなるようだから、なんとも上手くできているものである。認知症なんてものも、もしかしたら病気ではなく、正常な生命活動の一環、いわば「成長」なのではないか、と疑いたくもなる。

若者は悲観的、老人は楽観的

長く大学に勤務していたが、大学という場所は自殺が多い。教授会などで報告されたり、人伝《ひとづて》に噂を聞いたりする。たとえば、飛び降り自殺なんかは一年に一回はある。研究者の夫人が自殺して亡くなったという話を聞いたのも、一回や二回ではない。自殺は、学生（特に院生）であることが多いし、留学生も多かった。事情を詳しく聞いたことはないが、母国で期待されて留学してきたのに、日本で留年でもしようものなら、自殺するしかない、といった話をしている留学生もいた。どこの国かは書かないが。

若者の場合、自身に絶望して死ぬことが多い。つまり、自分の人生が思いどおりにいかず、このまま間違った道を、辛《つら》い思いをしたまま歩きたくない、それは地獄の苦行のようなものだ、という思考があるらしい。しかし、老人たちの目には、若者の苦しみの元は、実に些細なことのように見える。「そんなこと、うっちゃっておけば良いではないか」「なにも死ぬことはないだろう」と溜息が出る。歳を取ってくると、皆ある程度老練になるから、無責任に逃避しても大丈夫だということを知っている。叱られたって、殺されるわけじゃない、とわかっている。あとで頭を下げれば済むことである、と楽観しているのだ。

つまり、若いほど悲観的で、歳を取るほど楽観的になるのは、たぶん平均的な傾向ではないかと思う。僕は、若者には、「もっと楽観しなさい」といいたいし、老人たちには「少しくらい悲観しろ」といいたい。だが、本心を書くと、「いいたい」とは思っていない。自殺に対しても、各自の勝手だ。口出しをしたくない。つまり、なにもいいたくない。

断捨離するなら人間関係を

「死」について書こうとすると、どうも考えが発散してしまう。まとまらない。それはそのとおりで、計り知れないものなのだ。考えてもわからないままだし、どうすることもできない。だからといって、考えないまま放っておくと、ますます不安になる。

僕は、両親を看取った。どちらも、最期は病院だった。僕は、喪主を務めて葬式を執り行ったが、それは両親の兄弟などへの心遣いとしてである。母がさきに亡くなったが、このときは父がいちおう喪主だ。だが、実際は僕がすべて取り仕切った。父は、そのときには、もうだいぶおかしかったと思う。その三年後に父が逝った。

母は、もう少し生きたかったようだが、父は、もうこれで充分だ、みたいなことをいっていた。死ぬことを少しまえから覚悟していたように見えた。葬式はしなくても良い、親戚に知らせなくても良い、ともいっていた。しかし、入院したことを父の兄弟が知っているのだから、知らせないわけにもいかず、葬式も質素なものだが、執り行った。

僕が死んだときは、本当に知らせなくても良い、と思うが、そう思うなら、生きているうちに人間関係を断っておくのが筋だろう。最近ときどき話題になる「断捨離《だんしゃり》」は、持ち物を整理して、身軽になるシンプルライフのことらしいが、持ち物の処理など、誰にだってすぐできる。死んだあとでも、業者を呼んで捨てるなり売るなりするだけだ。それよりも整理しなければならないのは人間関係である。

生きていて、意識がしっかりしているうちに、別れの挨拶くらいして、もう会わない、といっておけば、葬式もしなくても済むだろう。僕はそうするのが良いと思っているから、実際、ほとんどの人間関係を断捨離している状況である。今の生活に必要最低限の友人で充分であるし、その人たちにも、葬式はしないと話してある。

遺書を書く気はない

ペットを飼っている人は、ペットの死を何度か経験しているだろう。本当に辛いものだが、幾度か経験すると、「死」というものの受け止め方がわかってくるから、知らないよりはだいぶ良い状態といえる。

ペットを飼うと、生きている間は楽しめる。自分は死ねば終わりで済むけれど、ペットが死んだあとペットが遺される。でも、一人暮らしだったら、自分が死んだあとペットが遺される。ペットも高齢であれば道連れにしても、しかたがないかもしれないが、まだ若いのであれば、万が一のことを考えて、誰かに頼んでおくなり、対処を考えた方が良い。遺されるのが人間だったら、なにもしなくても、なんとかなるだろう(もちろん、そうでない状況もあるから、一概にはいえないが)。

無理にまとめてみると、死ぬよりも少しまえに(これがいつなのか、判断が難しいけれど、ある意味、今すぐでも良い)、死ぬことに拘るのをやめるのが、よろしいと思う。拘らないのだから、つまり、どうなっても良い、どんな死に方でも良いし、死んだあと、どう扱われても良い、ということ。遺書を書いたり、なにかサプライズを企画したり、そういう往生際の悪いことは諦めて、本当にあっさりと、さっぱりと露と消えるのが正しい、と僕は考える。

あの遺書というものが、そもそも信じられない。死んだ人の意思を受け継ぐ、というのもわけがわからない。死んだ人が生きているときに約束したことだって、もう約束しなかったのと同じではないか、などとあえて薄情なことを書こう。死とは、そういうものではないだろうか。なにしろ、「いなかったことになる」のだから。

遺された人たちに、思い出として残ることは否定しないが、それは生きている人たちの勝手というか、自由というか、どうだって良い。遺された人は、少なくとも、死んだ人のせいにしないこと、死んだ人のおかげにしないこと。あまり、持ち上げたりしないこと。もっと、客観的に受け止めるのが良いと思う。

たとえば、生きているうちに書いた文章などは遺っているだろうから、その文章はしばらく存在し続ける。そのコンテンツから、生きている人たちが学んだり、考えたりすることもできる。でも、それは「指示」や「強制」であってはならないし、そうなる道理がない。

生きているうちに学び、考え、そして自分で楽しむ。もし、死んだあとに、なにか遺したかったら、それは遺産だ。物理的に、遺族になんらかの価値を与えることになる。したい人はすれば良い。ただ、自分は子孫に資産を遺してやるのだ、と良い気持ちになれるのは、生きているうちの話である。

とりあえず、誰もが今は生きている。それで充分ではないか。

第8章

拘らなければ、他者を許容することができる。

「社会」とは、ごく少数の他者

死ぬ話では、湿《しめ》っぽくなったかもしれない（僕はならないが、読者の中にはなった方がいらっしゃるはず）。本章では、人間関係に関する「拘り」について述べようと思う。

社会で無難に生きていくには、結局は人間関係を上手にコントロールすることに尽きるようだ。もっとも、この「社会」という言葉で認識されているものの実体は、日本人全体とかではまったくなく、もっとほんの少数、多くても数百人ほどの局所的な集団のことだ。その人が生きていく場に関わる他者たちのことであり、その人たちと自分の関係が、つまり社会的な影響要因となる。このほかには、たとえばＴＶや本などで見るエンタテインメントとか周囲の風景などの「環境」があって、これも「社会」に含める人も多いかと思うけれど、僕は、それらは単なる場（あるいは舞台）にすぎないと認識していて、やはり登場人物とは、だいぶレベルが違う存在である。たとえば、法律は確実な影響要因だが、やはり「場」に近い存在で、法律と自分の関係を常時気にかけるほどのものではないだろう（違法な活動をしている人はそうでもないが）。

「他者」というのは、自分でない人のことで、肉親も家族も他者である。血縁とか、友情とか、契約とか、人と人の関係はいろいろあるけれど、自分とは別の存在であることでは同じである。自分が死んだときに、一緒に死ぬことになる他者はいない(いるかもしれないが、自然現象としてそうなっていない、との意味)。またも、死ぬ話になってしまった。

さて、「社会」に属する実質的な他者の集団は少数である、と書いたが、それらの人と、「環境」に属する他者、すなわちそれ以外の大勢(何十億人もいるはず)は、どう違うのか。大まかにいえば、あなたと言葉のやり取りをする関係の人かどうか、である。会話をする人、メッセージをやり取りする人、なんらかのアクセスで結ばれている人、といった集合が、「社会の他者」であり、そのリンケージが「人間関係」だ。

「人間関係」が支配的

言葉のやり取りをするのだから、つまりコミュニケーションといっても良いだろう。言葉以外のものでやり取りすることもある。たとえば、愛情などは言葉がいらない、と主張する人もいるかもしれない。とにかく、考えを伝えたり、気持ちが通じ合っている、そんな関係を、大雑把に「人間関係」という言葉で表現することが多い。

お金のやり取りをする人は、この人間関係に含まれるのかどうか。お店でバイトをしている人と、たまたま買いものにきた人は、お金のやり取りをするが、人間関係が成り立っているとは思えない。何度か店に来て、挨拶をする程度でも、まだ不足だろう。しかし、店以外の場所で会ったとき、ちょっと話をしたとか、名前を知っている、住んでいるところを知っている、となると、「知合い」に近づき、だんだん人間関係が成立してくる、という具合だ。きっちりと、ここからが人間関係だ、と割り切れるものではない。つまり、個人の周辺の社会とは、境界がはっきりとしていない。だいたいこの範囲、というだけのぼんやりとした概念である。

人間関係が生きることのすべてだ、と語る人もいる。僕はそこまでは思わないけれど、生きていくうえで重要な要因であることはまちがいない。多くの人は、人間関係で喜び、楽しみ、悲しみ、また、怒り、憎む。人間関係から、さまざまなイベントが発生し、個人の人生をほぼ決定している。

人間関係は、「運命」ともいうべき支配力を持っているようにさえ見受けられる。若い頃には、それがローカルな限られた人間の偶発的な関係だと認識できず、これが社会というものか、と受け止めてしまいがちだ。ときには、その錯誤が絶望的な印象をもたらすだろう。しかし、歳を重ねると、自分のごく周辺のことだとわかってくるし、早合点して絶望したことを、むしろ懐かしく感じるようにもなる。若いときは、狭い視野ですべてを見ているから、人間関係に絶望することで、社会に関心を持てなくなったりもする。

「関係」が拗れるとき

それでも、若者は、自分の周辺だけでなく、もっと広範囲を見渡したい、という欲求を持っているものだ。周囲の人間関係だけがすべてではない、と思えれば、それは一つの発見というか、成長といえるだろう。そういった視点は、未来を向いている。

ところが、年寄りは逆に、後ろ向きになって、過去の自分、あるいはごく身近な家族だけしか見通していない。そういう人が増えるのは、やはり「拘り」の一つの結果だろうと思われる。「拘る」とは、結局は視界を狭めることだからである。

そもそも、自分自身に拘り、自分が良い思いをすることに拘るのが、生物の基本的な指向性である。これは本能的なものであって、放っておけばそのまま、動物と同じになる。

動物でも、人間に教えられて、目の前の食べものを我慢することができるようになる。人間には理性があり、理屈を理解できる。「自分第一」を押し通していては、結果的に損をするような社会の外圧があることを学んで知っている。その外圧とは、基本的に争いを避ける目的から自然発生したものだ。

人間関係が拗《こじ》れ、喧嘩をして争っても、お互いに利は少ない。他者の存在を認め、できれば協力し合う。そうすることで、一人で生きるよりも楽になる。現在の人間社会は、だいたいそうなっているはずだ。もっとも、それでも争いは絶えないし、富の格差も激しい。しかし、平均すれば、まあまあ上手くやってきたといえるし、ゆっくりとだが良い方向へ向かっているように、僕には見える。

戦争というのは、お互いが憎しみを蓄積した結果起こる。戦争は死に直結したものだが、死よりも悪い状況（たとえば、屈辱など）がある、とそのときは考える。つまり、死を忘れたり、恐れないから戦いを決断するのではない。戦争の怖さを知らないから起こるのでもない。戦争になるときには、「死んでも良いから戦おう」と思い込んでいる大勢がいる。死と交換しても実現したい状況があるからこそ戦争になるのだ。

このような強い感情というのは、当事者から離れ、距離を置くほど理解しがたいものとして捉えられる。理性があったら、しないはずだ、という客観的な思考は、どういうわけか、その場では働かない。実際に戦争は繰り返されてきた。人間は、あるときはそれほど強く、なにものかに拘るのだ。

「感情」が支配的となる

なにかを信じ、そのために自分が犠牲になっても良い、と考える。同時に、そういった精神が尊いものだと錯覚できる。熱狂してしまう、と表現すれば簡単だが、それほど短い時間のことではない。そういった社会に属すれば、誰もがそんな人間になる可能性がある。人格的に違ったものになる、ともいえるだろう。

おそらく、その切っ掛けは、小さな「拘り」だったはずだ。それが、集団の中で増幅されて、共鳴するように同じ方向を目指す。国を挙げて戦うことは、そういう状況だ。一番近いと思うのは、パニック、あるいは集団ヒステリィだろう。だが、その中にいる人たちには、その異常さはわからない。

平和な時代が続いているので、今の若者たちは、そこまで考えない人が多いかと思う。しかし、人間というものは、かっとなったら、なにをするかわからない動物である。法律で禁じられていても、その場ではなんの抑制にもならない場合がある。死んでも良いから、相手を倒したい、と向かっていくのだ。

多くの場合、自分自身の尊厳に拘っているのだろう。それが傷つけられたことが、許せない。とことんやっつけてしまおう、と考えるようだ。

そこまで暴力的ではない場合でも、「諍《いさか》い」や「仲違《なかたが》い」は頻繁に起こるし、表向きは友好的でも、「気が抜けない」緊張感が続く関係もあるだろう。どうもあの人は苦手だ、なんにつけても気に障《さわ》る、などの精神的な攻防があったりする。

家族の中でももちろん、そういったものがある。また、基本的に信頼している人でも、一時的に不満を抱くことは多い。ほんのちょっとしたことが気になり、頭に来てしまう。しかも、それを相手に伝えられる場合の方がむしろ少ない。だいたいは我慢することになり、なんとなく自分だけが損をしたような気分になる、という人が多いのではないか。

このような行き違いは、仕事関係でも、学校でも、家庭でも、友人間でも、毎日のようにつぎつぎと起こる。具体的なトラブルになるまえに、お互いが反目したまま、距離を置くことで、熱を冷ますのが普通だが、そうしたところで、相手に対する感情は簡単には消えない。

「感情」が観測を歪める

ほとんどの場合、相手が悪い、と両方が思っている。どちらも、それを説明する理屈を持っている。自分の方が正しく、相手は間違っている、という理屈である。しかし、お互いの理屈が両方とも成立するのは、理屈の元となっている観測が違っているからだ。同じ現象でも、違った観測をし、その観測結果に基づいて理屈を作るから、結果が正反対であっても、それぞれが成立してしまう。お互いが自分が正しいと評価するのは、そういった観測に基づいているからにすぎない。

　このとき、間違った観測をしてしまうのも、主観的な視点に立っていることが原因であり、つまりは自分に拘っている。自分の立場に拘っているからである。

　さらには、理屈のほとんどは、さきに感情があって、それをバックアップするために捏造《ねつぞう》されたものである。つまり、怒っている、という感情が基本で、怒るための理由を考えて、かなりの部分を都合良く創作しているのだ。

　理屈というものは、トラブルがなにもないときには、単なる一般論でしかないから、誰でもすんなりと呑み込むことができる。たとえば、「相手の気持ちになって考える」といった言葉があって、何度も聞いたことがあるはずだ。これは、もっともな理屈であり、大勢の人たちが、そのとおりだ、と理解しているはずである。それなのに、トラブルに直面すると、頭に血が上っているから、これを忘れてしまう。

　相手の気持ちになる、というのは、言葉として綺麗すぎるし、相手が誰なのか特定していないから、肝心なときに忘れてしまうのである。誰某《だれそれ》に気をつけなさい、いつも誰某のことを大事に考えなさい、という教訓ならば、忘れずに対処できるだろう。「相手の気持ちになって」では、今向き合っている相手のことだ、と気づくのが遅れる。かっとなって血が上っている頭は、馬鹿なのである。

自分に拘らないと、寛容になる

では、どうすれば良いのか。相手のことではなく、自分に対する教訓とすれば良い。つまり、「自分の気持ちになるな」を肝に銘じることである。自分の気持ちにならないように、と自分の肝に銘じることは難しいと思うかもしれないが、もう少し言葉を展開すると、「自分に拘るな」という意味になる。

誰かに腹を立てるのは、自分に拘っているからなのだ。自分という存在に拘っている。尊厳なのかプライドなのか、そういうものが傷つけられたから腹を立てる。そして、きっと相手はそんなこと、気にもしていない。だからますます腹立たしい、という方向へは考えず、相手はべつに悪気があってしているのではない、自分が自分に拘っているから、特別な感情を持ってしまったようだ、と解釈すれば良い。

このように、自分に拘らないようにすると、自然に他者に対して寛容になれる。

だが、もちろん、言葉でいうほど簡単ではない。僕自身、理屈ではわかっているものの、なかなかその境地に達しない。そうありたいものだ、と願っているし、気づいたときには修正をすることにしている。そのあたりは、パーフェクトにしよう、といきなり実行できるものではない。修行のように難しい。ただ、理性でそれを行うことが大事であり、常に自分に言い聞かせるべきだろう。

なにものにも拘らないのだから、当然自分自身にも拘らないようにしたい。最初は、ちょっとした我慢をすることになるけれど、慣れてしまうと、我慢というほどのことでもなく、もっと素直に自然な振舞いになってくるはずだ。我慢しているると考えているうちは、まだまだ、ということである。

実際、自分を「無」にするような気持ちに近い。自分の気持ちなんて、小さいものであって、そんなに煽《あお》って大きく見せ、大事に持ち上げるほどのものではない、と考える。そうすると、馬鹿馬鹿しくなってきて、腹立ちも収まる。逆に、そうした方が、自分自身もずっと楽になれる。自分を落ち着かせることで、自分は得をしているのだ、とわかってくる。結局は、自分のためにやっていることである。

自分を抑えることが、自分の利となる

「情けは人の為ならず」という諺がある。これは、情けをかけることは、相手のためにならないから、厳しく当たりなさい、という意味では全然ない。そう誤解している人が多いから、たびたび語られている。この諺は、「人に情けをかけることが、回り回って、結局は自分の得になる」という意味だ。

他者を許容することが、自分の得だ、という考え方は、「なんだ、結局は利己的ではないか」と穿《うが》った見方もできるが、そう考えてもけっこうだと思う。自分の得がいけないはずはない。ボランティアで人のためになりたい、と頑張っている人だって、そうすることで自分が満足できるのだから、自分のために行動している、と考えられる。

そんな聖人みたいな真似は、自分にはとても無理だ、と感じる人も多いかもしれない。自分は自分の好きなように生きる。自分の勝手だ。自分に素直でいれば、どうしても他者とぶつかるのは避けられない。そういうときに引いてしまっては損をする。喧嘩はしたくないけれど、主張を通していかないと、社会では生きていけない。なめられるばかりだ。そんなふうに考える人がいるだろう。この気持

ちは、大変よくわかる。僕も実はずっとそう考えていた。僕の母親がそういうタイプの人で、人に負けるな、といつも教えられたものである。

そういった自己中心的な傾向は、多かれ少なかれ誰でもが持っていて、たとえばスポーツだったら、負けた悔しさをバネに、いつか自分が勝者になるんだ、と子供たちを指導しているはずである。相手の気持ちを考えて、などとは教えない。勝負のときは、勝つか負けるかだ。

仕事も、基本的に勝負である。相手よりも有利に、そして先を行くことが、成功を導き、仲間はみんなで喜び合い、個人も満足を得る。勝つことは、誰かが負けることなのに、そんなことは気にしてはいけない、という不思議な「慣例」になっている。

社会で生きていくためには、この勝負の原則に必ず支配されることになるだろう。これを完全に回避するには、それこそ出家するとか、聖人になるとか、ホームレスになるとか、そういった方法しかない。突き詰めて考えれば、そうなる。

完璧主義は言葉信仰の弊害

　しかし、それもまた拘りすぎている、ということを思い出してほしい。そもそも、なにものにも拘らない、というところから始まって、自分に拘ることをやめよう、となった。その結果、自然に相手を許容できる。だが、それらは、すべてほどほどにしか実現しないだろう。徹底的にはできないものが、世の中には多いのだ。徹底的にすると、すなわちなにかに拘ることになる。

　なにものにも拘らない、という姿勢は、その姿勢自体にも拘らない。ということは、ときどきはなにかに拘るし、拘るにしてもほどほどになる。そのあたりをぼんやりとさせなければ、このポリシィが成り立たなくなる。ここが、面白いところというか、実に本質的なところなのである。

　完璧なものを追求してしまうのは、言葉信仰の弊害である。人は言葉を信じているから、物事を言葉にしたとき、そこで削ぎ落とされたものを忘れてしまう。言葉はデジタルで、定義があり、その言葉が示す存在を指定し、規定する。しかし、現実は言葉のようにきっちりと区別できない。

　たとえば「花」というものを考えてみればわかる。花と花でないものは、はっきりと区別できるだろうか。花が枯れて変色し、散っていくとき、どこから花でなくなるのか。花のようなものはいくらでもあるが、本当に花かどうかは、簡単には見極められないものが多々ある。

「拘る」という行為も、さまざまな条件とともに、行動と考え方を包含していて、人によって、場合によって、捉え方が異なる。また、拘り方にも多種あり、その程度だってアナログだ。どの程度までを拘りというのか、人によってイメージはさまざまだろう。

そういったものをひっくるめて、ぼんやりと「花」そして「拘る」と指差しているだけである。つまり、花のようなものが花であり、拘るみたいな行為が拘ることなのだ。

他者を許容する余裕

「本質」というものは、結局はぼんやりとしたものである。本質だから、ずばりこれだ、と示せるものではない。不確定性原理のように、突き詰めていくほど、不確定になる。それが、現実というものであり、その中で我々は生きている。少しても自分が進みたい方向へ、そして可能なかぎり他者に迷惑をかけず、折合いをつけつつ、歩いていくのである。

その歩み方を、言葉で表そうとしている。きっちりとマニュアルのように定義して、手取り足取り指示することは、どだい無理な話だ。もし、そういうことが本に書いてあって、その本さえ読めば、誰もが救われ、成功するというのなら、全世界の人が、既にその本を読んでいるだろうし、その本以外のものは不要になってしまう。

僕は、「なにものにも拘らない」ようにしよう、と自分で決めたし、実際それをモットーに生きてきたが、そもそもそれを決めたのは、「まえがき」にも書いた不純な動機からだ（すなわち、インタビューで座右の銘をきかれたときに、考えずに答えられるから）。この不純な動機自体が、既に拘ることの一つであり、矛盾しているのである。

もちろん、その「矛盾」もまた、目くじらを立てるほど悪い状況ではない。矛盾があるから絶対に避けろ、という規則があるわけでもない。矛盾はつきものというか、どうしたって、どこかに矛盾が生じる。僕は、「矛盾を許容することが優しさだ」と書いたこともあるくらい、けっこう矛盾を認めている。大きな矛盾は、明らかに障害となるから、できるだけ避けたいけれど、小さい矛盾は、まるごと抱え込んでしまえば良いではないか、という程度の余裕が欲しいところだ。その余裕から、他者に対する許容が生まれる、という意味である。

拘らないと優しくなれる

優しさというのは、人から伝わる不思議な力のようなもので、優しさに触れることで、自分も優しくなれる。他者の存在を尊重し、あるときは守りたい、と思うようにもなる。これは、事実上、自分の意識が自分以外のものにも及ぶ状態であり、意識が大きくなったような効果だと思える。優しい人の精神は大きく成長する、ということだ。その大きさは、結局は精神力としての強さに還元されるもののようにも観測される。

細かいことに拘るな、という教えは昔からあった。もっと大きくなりなさい、とも教えられる。細かいことに拘らないとは、ぼんやりと捉えること、神経質にならず、余裕を持つこと。そうすることで、自分とは異なっている他者を許容できるようになり、その結果、信頼を得て、自分自身の強さとなってそれが戻ってくる。だから、大きくなったのと同じだ、という理屈のようである。

そういうことは、言葉にしてしまうと、幾分滑稽ではあるけれど、長く言い伝えられているのだから、おそらく人間の本質を突いた真理に近いものだろう。

以上、要約すると、拘らないことで優しくなれる、と単純化してもらっても、それほど外れていないと思われる。

第9章

優しさとは、拘らないことである。

承認欲求の優しさに疑問

前章で書いたことの裏返しになる。六十年生きてきて、さまざまな人と出会い、いろいろなタイプがいるものだな、ということがわかった。それしかわからなかったといっても過言ではない。

僕自身にはまったく当てはまらないが、生まれながらにして優しい人がいる。根が優しい。きっとご両親が優しくて、素晴らしい環境に育ったのだろう、と想像するけれど、この追跡調査はしていない。

他者を許容することが、社会の基本原理であり、お互いに認め合い、協力し合うことで、集団の利を活かすことができる。もう少し原始的な社会では、一部のボスが全員を支配し、その力に逆らうよりは、従った方が安全だ、と考えたかもしれないが、今はそういった時代ではない。

だから、そんな「善意の優しさ」をやたらと強調するようにもなった。最近であれば、「絆《きずな》」がそうである。「共感」を強《し》いるような表現が、少々行き過ぎていて、僕などは白けてしまう方だが、素直な若者はあっさり感化されるものだろうか。

助け合う姿勢が美しい、という風潮は、協力に前向きなことで、他者からも認められるという方法論である。つまり、「認められたかったら、みんなのためになるようなことをしろ」という教えだ。これは、個人の承認欲求（みんなに認めてもらいたい気持ち）を利用しているわけだが、結局は自分の欲求を原動力としている点に、根本的な弱さを持ったシステムであることを、お気づきの方は多いと思う。

これに近いものは、たとえば「仕事のやり甲斐」を勘違いして、「みんなから感謝される仕事がしたい」という若者が増えている問題にも表れている。努力したことは、必ず報われる、というのは正しい、と僕も考えるけれど、その報いが、周囲からの承認や感謝など、他者による直接的な働きかけとして期待されている点が、こうした勘違いを導くようだ。

「絆」美化への疑問

本来、仕事の報いとは報酬のことであり、賃金である。また、ボランティアであっても、その報酬は自身の満足であろう。感謝されるためにやっているのでは、賃金をもらうために働くのと同じで、ボランティアの理念から外れてくる、と僕は感じる（しかし、どう考えるかは個人の勝手である。主張する場合は、議論になるだろうが）。

絆は、近しい者どうしが、お互いに拘束し合うシステムの総称のようである。ある程度拘束される一方、無償のサービスが得られる。単に、契約でやったものではない、という点が特殊なだけであり、そういったものが、絶対的な「善」だといわんばかりの表現を、マスコミが好んで使っていることが気になる。たとえば、殺人事件の多くは血縁関係で起こり、その原因はまぎれもない「絆」である。ときどき、その手の話を耳にして、「そうなるまえに、どうして家を出なかったのか、何故縁が切れなかったのか」と思うことが多い。簡単に切れないから「絆」なのだろうか。

もっとも、平均的に見れば、絆が良い働きをしているのは事実だ。それは、人間の性格が、平均すれば、他者に優しくしよう、争いを避けよう、というものであることを示しているようにも思う。平均すれば、みんな平和を望んでいる。だからこそ、これまで人類はなんとか生き延びてこられたのだ。現代の社会が成立しているのは、みんなが、平均すれば善人だからである。ただ、善人ばかりではない、というだけだ。

承認欲求が弱い場合は？

話を戻すが、他者にサービスする動機として、そうすることで自分が社会的に優遇される、自分が社会に認められて気持ちの良い思いをすることができる、という状況を持ち出すよりも、「自分に拘ることを諦める」の方がシンプルだと僕は考えている。

前者は、自分も我慢するから、みんなも我慢しろ、という論理であり、後者は、我慢するのをやめる、というシンプルさを持っている。禅問答になってしまうが、そのとおり、仏教的な感覚にも近いかもしれない。

どちらでも同じではないか、という意見もあるだろう。表向きはそのとおりである。どう考えようが無関係で、何をするかだ、というのも正しいと思う。ただ、他者に優しくすれば、相手からも優しくしてもらえる、と期待する状況が、本当の優しさだろうか、という疑問があるから、このようなことを書いているだけだ。

日本語には、「下心」という言葉があって、一般にこれは嫌われている。「Aが欲しいからBをする」とは、すなわち交換が前提であり、Bが奉仕的で美しい行為であっても、日本人はそれを本当の美しさだとは感じない。あまりに顕著であれば、「偽善」だと認識することだってある。

これが、「Bをしていたら、たまたまAがもらえた」であれば許せるらしい。それは違うという人もいる。このあたりは、グレィゾーンで、意見が分かれるところだろう。

僕自身はどうなのか、というと、まず承認欲求というものが、人一倍弱い。他者に褒められても特に嬉しくないし、大勢に認められることの価値も全然わからない。ただ、自分が良い思いをしたいという欲求は強い。自分は自由でいたいし、自分が思うとおりのことがしたい。他者からとやかくいわれたくない。だから、そんな自分のために、できるかぎりのことをしている。僕が仕事をするのは、このためだ。賃金を得ることで、自分のためにそれが使える。仕事で、大勢のためにもなっているはずだが、そのこと自体には、特別な感情は持っていない。

僕のようなタイプは、自分本位で我が儘《わがまま》で、放っておくと籠《こ》もりきりになり、協調性がなく、扱いにくい人間になるだろう。しかし、それでも社会に関わることはできるし、自分の幸せを追求するという意味では、普通である。

極端な例を挙げよう。承認欲求が強い人は、人に褒められたいから働く。自分本位の人は、賃金が得られるから働く。これが極端な例で、実際ほとんどの人は、これらの中間にある。だから、褒められたいし、賃金もほしい、その両方のために働くのだろう。

自分への拘りを捨てること

自分に拘っていることでも両者は同じである。その拘りを緩めることで、極端な理想が、現実的な中庸《ちゅうよう》に寄ってくる。この効果を両方が得ることができる。だから、「そんなに拘らないで」というアドバイスが、どちら寄りの人間にも通じる。

そして、もっと大事なことは、自分に拘ることをやめると、結果的に、他者に対して優しくなっている点である。これは、相対的なものだとは思うけれど、人が少し変わったようにも見えて、周囲にも、自分にも効果が広がるだろう。我慢をしたのではないし、効果を狙った作戦でもない。単に、拘ることをやめる、というだけなのだ。

別の言葉でいうと、それが自由という形だから、ちょっと面白そうだし、新しそうだから、やってみました、という自然さがある。交換ではない。自らすすんでやってみた、というだけだ。

子供が川に行ったら、水面に向けて石を投げる。これは、なにかの目的があってやっていることだろうか。誰かに見せようとしてやったのか。なにかを試そうとしたのか。それをすれば、誰かが褒めてくれるから？

そうではない。ただ、ふと思いついて、やってみただけなのだ。面白そうだったから、思いつき、すぐに実行しただけだ。

大人はそれをしなくなる。どうしてか。大人は、自身の自由さを忘れているからだ。無駄なことはしない、という暗黙のルールに縛られているからだ。いうなれば、大人というものに、拘っている状態だからである。

子供は、石を投げることに拘ったのだろうか？　そんなはずはない。川に行ったら絶対に投げてやる、と前日から決めていたのではない。単に、その場で偶然、思い立っただけだ。

拘らないためにすることは？

iPadなどに使われるイヤフォンを、多くの方が使っていることと思う。こういった商品は、「音質に拘った」といった宣伝がなされる。それは、単に小さな問題を解決した、高品質を（たとえば、用いる材質などで）追求した、というだけのことで、「拘った」という表現で誇ることに、僕は違和感を抱く。ならば、音質に拘らないイヤフォンがあるのか、と不思議に思う。おそらく、諦めずに少しでも良いものを目指した、ということがいいたいのだと思われるけれど、それも、誰もが思い浮かべる開発者の基本的な姿勢であって、たとえば、開発段階の会議で、「音質に拘る」などと書かれた企画書を提出しても、さほどアピールしないだろう。今では、消費者にさえ、この手のアピールは響かない。

商品の宣伝で使われる「拘り」というのは、「アピールポイント」という意味しかない。それを、素直な人たちが真に受けて、「拘り」は良い点のことだ、と思い込んでしまったようだ。

あのイヤフォンで、僕が最初に感じたのは、コードが縺《もつ》れにくいことだった。かつてのイヤフォンは、先についている耳に入れる部分の形のせいもあって、外しているときに二本のコードが絡《から》んで、使うときに毎回それを解きほぐさなければならなかった。それが、コードの材質を改善したのか、いつの間にか絡まりにくくなっている。もし、この改善が企画段階から挙がっていたのなら、これは立派な「拘り」だと思う。ただ、それでも一つの小さな問題を解決したというだけのことで、革新的といえるほどではない。

拘りとは、理由が希薄になっても、その状態を保持しようとすることだ。これをいつも思い出してもらいたい。たとえば、コードは電気抵抗だけが問題で、音質に影響がなければ安い方が良い、という決まりがあったとしたら、これが「拘り」と呼ぶべきものだ。それに拘っている開発者には、コードを縺れにくくする、という発想が生まれない。

拘らないためには、どこを考えれば良いか、どこを改善すれば良いか、今は問題になっていなくても、これから問題になるだろう点はどこなのか、と常に探して回る努力が必要なのである。それが、「拘らない」という行為であり、一つの動詞では表現できない。

「フレンドリィ」という技術

このイヤフォンの小さな改善において、僕が感じたものは、技術の凄さとか、イヤフォンとしての高性能ではなく、使用者に「優しい」対策だという点だった。これは、「ユーザ・フレンドリィ」といっても良い。

ユーザ・フレンドリィとは、もともとは、コンピュータの分野で語られた用語だ。その意味は、日本語にすると「使いやすさ」である。コンピュータが登場し、劇的な発展を遂げた時期には、「性能」が第一のアピールポイントだった。演算速度であったり、解像度であったり、扱えるメモリィやフォーマットなどが問題になった。しかし、そういった競争の中に、新たな要素として加わってきたものが、ユーザ・フレンドリィだったのだ。

使い勝手が良い、ということが、コンピュータ・ソフトの性能になった。実は、これは本質ではない。コンピュータの性能ではなく、インターフェイスの仕様だからだ。そんなものは、末端の飾り的な仕様であって、技術の本流ではない、という拘りが、おそらくはメーカや開発側にあっただろう。

その拘りを捨てた勢力が、その後優勢になった。たとえば、Appleなどがその好例だ。かつては、高いわりに高性能とはいえない、と評価されていなかったが、その後、コンピュータが一般に普及するに当たって、使いやすさが認められる時代になった。

Appleのパソコンが売れ始めた頃、Appleは既にパソコンに拘っていなかった。もっと小さくてハンディな端末を作ろうとしていた。当時は、技術的にそれが難しかったため、コンセプトの提案だけで、市販品はなかなか登場しなかった。ほかのメーカは、まったく関心を示さず、パソコンに拘り続けていたようだ。そのハンディ端末が、今のスマホのことである。あっという間に、スマホはパソコンを凌駕する存在になってしまった。

この場合も、Appleの開発陣はハンディ端末に拘っている、と当時は悪い意味での「拘り」として揶揄《やゆ》された。僕は、あれは拘りではなかったと思う。つまり、従来ないものに拘るという部分がおかしい。それは「拘る」ことにはなりえないからだ。

パソコンの性能に拘ることは、レースに勝ちたいというエゴであり、これは立派な「拘り」である。本来技術というものは、そうなりがちだ。勝ったものが、成功する確率が高いし、もちろん、当事者たちもそう信じて努力している。

一方で、使い勝手の良いものを目指そうという方針は、なかなか出てこない。これは面倒くさい作業だし、これを実現するために、性能を部分的に使ってしまうから、見かけ上性能が劣る。ユーザ・フレンドリィなものは、初心者には向くが、上級者にはまどろっこしく感じられる。パソコンの萌芽《ほうが》期には、ユーザの多くは上級者といって良かった。だから、技術的な進歩にいつも拘っていたのだ。

昔の自動車が、エンジンの馬力や、燃費の数字で売れたようなものである。今、自動車を買う人の多くは、スタイルや内装の充実、あるいは便利さなど、自動車の基本性能とは無関係な部分で選んでいるのではないか。

自分をひとまず消してみる

開発者や技術者は、ある意味で「優しさ」が足りなかったといえる。拘ることが技術だ、と長く信じられていたし、そういった頑固さが、たしかに技術的な洗練をもたらした。だが、あるところまで到達すると、どんなものでも飽和し、頭打ちになるだろう。

そんなときに、自分が最も拘っているものは何か、と考え、とりあえずそれを捨てたらどうなるか、と考えてみると良い。そんなことはできない、と思うかもしれないが、その気に少しでもなってみる価値はある。

大事なものを諦める。自分自身を二の次にする。自分がやりたいことを後回しにする。その発想は、普段はできない。その視点で周囲を見たことがない。だからこそ、その視点で初めて見えてくるものがある。

これが、「拘らない」という発想の起点であり、その新しい視点から眺めると、結果的に他者に優しい発想が生まれる場合が多い。それくらい、普段は自分が掲げた目標を第一にして、他者を顧みない思考をしている、ということである。

前章で述べたのは、他者を許容する、というものだったが、他者に優しいというのは、同じことのようで、レベルも方向性も違っている。

許容するというのは、言葉のとおり、寛容になって許すことだから、まだ自分が第一である。それでも、許容することから始まって、他者を尊重する姿勢が生まれてくるから、のちのちは、自然に優しさが育つものと思われる。

これに対して、自分をひとまず消すような思想は、他者への優しさしか残らないから、非常に直接的な作用がありそうだ。若者が実行することは、少々難しいかもしれない。自分を消したら、自身が社会で埋没してしまう結果になりやすい。僕は、べつに出家をすすめているのではない。

人間は不確定なもの

ここで、もう一度思い出してもらいたいのが、「ぼんやりと目指す」という方針である。なにものにも拘らないのだから、あまり突き詰めて、完璧主義になってしまってはいけない。他者を許容するのも、他者に優しくするのも、徹底することは、ある意味で異常である。あくまでも、自分というものが存在して可能なことである。自分が存在するとは、自分を生かしていることだから、この基本があるかぎり、自分にまったく拘らず、自分を消すことはできない。矛盾している行為なのである。

ぼんやりと捉えることが難しかったら、ときどきそうして、ときどき違うようにする、という切換えを行う手がある。ときどき自分本位で、ときどき他人に優しくする、ということ。まるで二重人格だ。そんなことでは信用を失いかねない、と思われるかもしれないが、実は多くの人が現にこのようにして生きている、と僕は観察している。

人の気持ちは揺れ動く。やりすぎたかな、と思ったら反省して、逆へ向かう。人間関係も、こうした揺れの中で成立している。気分が悪くて、苛立つこともあれば、それをフォローしようと、親切に振る舞うこともある。人間を代表する「人格」というものは、はっきりとした傾向を持っているわけではない。常に不確定であり、辻褄《つじつま》の合わないことも頻繁に起こる。いわば、矛盾だらけの人格が普通だということである。

ふらついた言動は悪い、芯が通った人間はぶれないものだ、と思わない方が良い。ぶれないなんて、大したことではない。そんなことに拘っていては、大事なものを見失いかねない。むしろ、大事なことは何か、といつも探し回り、そのつど方針を修正し、ぶれまくっている方が良い状態だ、と僕は考えている。

「ぶれる」のは良いこと

ぶれるというのは、新しいものに敏感で、そういったものを取り込んで、いち早く自分の方針や方向性を変更できる柔軟性の発揮であって、好奇心旺盛な若者には、ぶれる能力がそもそも備わっている。これを自分で無理に抑制する必要はない。約束や契約したことは守らなければならないが、そうでないかぎり、いつでも自分を変えて良い。

年寄りから見ると、「このままであれをやっていたのに、今はべつのことに夢中だ」というように見えるから、つい「一つのことに集中しなさい」といいたくなるのだが、それこそが「年寄りの拘り」というもので、一つに集中することが有効だという根拠はなにも示されていない。

なにか一つのことに拘って成功した人よりも、あらゆることを試して成功した人の方が多いはずだ。単に、「諦めなかった」という意味で、「拘り続けた」という言葉を使っていることが多く、そこを誤解しがちである。あくまでも、「固執する」という意味での「拘り」は無用だということ。

拘ることの最大の欠点は、思考が不自由になることであり、思考が不自由になると、思いつく機会が減るし、また問題解決ができにくくなる。こうなった人は、いつも周囲の誰かに頼ろうとするし、最近であれば、ネットで検索しようとする。自分の頭の中で問題を展開さえしない。

経験は重荷になる

問題を展開するとは、何が本質的な問題で、それをどうすることが解決なのか、周辺の状況はどうなっていて、どのような可能性が考えられるのか、そして、それぞれの見込みはどれくらいで、確率的にどの程度か、といった想像あるいは評価である。これをまったくしない人がとても多い。その代わり、誰に相談しようか、どうやって頼もうか、といった方向へ考える。あるいは、言い訳をどうやってするのか、責任を回避するにはどうすれば良いか、ということに頭を使う。本人は、問題を解決しようと考えているつもりだが、実際は、問題を回避しようとしているだけだ。たとえその場は凌《しの》げても、問題は消えないから、いずれまた窮地に陥る。

こういったことは習慣になるから、考えない人の頭は、どんどん固くなり、拘ったまま、拘るものばかりで頭がいっぱいになってくる。だから、ますます考えられない。家族の誰かに頼りっぱなしになり、あげくはその頼りの人に文句ばかりいうようになる。もし、心当たりがあるなら、今すぐに考えを改めた方が賢明である。

それにはまず、自分に拘らない。自分には無理だと諦めない。できないことを開き直らない。プライドを捨てて、頭を下げて、なにごとにも謙虚になるべきだろう。歳を取って衰えているのだから、謙虚になるのは自然なことだ。「初心に帰る」という言葉が示すとおり、自分のキャリアを捨てることも、一つの方法である。歳を重ねることで積み上げてきたものを忘れる、あるいは一旦棚上げにする、つまりは、拘りを捨てることだ。

年寄りは、経験豊かであり、それが財産なのだ、と思い込んでいる人が多いけれど、今はそういった情報は年寄り以外から検索できるので、なんの有利さもないし、誰もありがたがってくれないはずである。経験を持っているだけで「重荷」だと考えた方が正解である。捨てて身軽になれば、頭も軽くなり、発想も広がるはず。初心に帰ることの効果はそこにある。

頭の健康のために

自分の体験を疑い、自分の成功を忘れ、長年の方法から少し離れてみる。そうすることで、すぐ身近に新しいものが見つかるかもしれない。これは、コンピュータでいうと、リセットである。アプリの動きが遅くなってきたときに、リスタートさせることが効果があるように、人間もときには、リスタートして、気分を若返らせる必要があるのではないだろうか。

そしてまた、このような自身のリフレッシュが、周囲の人間関係も新しくし、他者に対して自然な優しさを持てるようになる。近頃の老人は、健康を気にして、ウォーキングで汗を流したりしているようだが、大事なのは頭の健康であり、頭のウォーキングである。

さて、あなたの頭は、すぐになにかを考えられる頭、瞬発力をもって動ける頭になっているだろうか？

第10章

拘らなければ、臨機応変になる。

「考えどき」は教えてもらえない

拘らないで生きていこうとすると、その場その場でいちいち考えを巡らせ、そのときどきで可能性を比較し、そのつど最善のものを選ばなければならない。有望な選択肢が見つからないときは、さらに周辺を眺め回し、なにか役に立つものがないかと探す。それでも見つからないときは、使えるものを加工し、組み合わせる。あるいは少し戻ってもう一度やり直したり、将来的な方向性の変化に合わせて、準備を始めたりする。そういった判断を、個々にしなければならない。非常に面倒なことだ。

自分はこれだ、と決めておけば、できるときはそれでたちまち解決する。もし、自分の方法が適用できないときは、諦めるしかない。お手上げになるから、周囲に救援を求めるくらいしかできない。たぶん、たいていの人は、そういった生き方をしているように見受けられる。

判断の「その場」がいつなのかも、見過ごしがちである。というのも、「今が考えるときだ」と誰かが教えてくれるわけではない。「さあ考えよう」と促すのも自分しかいない。つまり、自分の頭が自分に指示していることになる。ということは、「いつ、何を考えれば良いのか」を見張っている頭と、それに応じて答を返す頭が必要だ。考えない人というのは、おそらく前者の頭が休んでいるのだと思う。というのも、若いときに、学問や仕事のノルマで、いろいろな問題を与えられ、それに答える訓練をしてきたはずなので、「考えろ」といわれたら、考えられる能力はそこそこ持っているはずだからだ。

ところが、年齢を重ね、同じことを繰り返すだけで生きていけるようになると、誰かから「考えろ」といわれる機会が激減する。解かなければならない問題を、目の前に突きつけられなくなる。そういう立場になる、ということだ。

もっとも、リーダ的な立場になった人は、人に指図をする側に回るため、「今が考えるときだ」「この問題をなんとかしろ」と部下に指令を出さなければならないから、そういったことに頭を働かせる。自然に、そういう頭になる。それができない場合は、無能なリーダになってしまうだろう。

「計算型」と「発想型」の頭

気が利いていて、指示どおりの仕事ができる有能な部下だった人が、その功績を認められて出世したものの、途端に仕事ができなくなる場合がある。それは、指図してくれる人がいなくなって、何をすれば良いかわからなくなるからだそうだ。中間管理職のストレスの一部がこれだろうか。

ピータの法則だったか、「人は無能になるまで出世する」というものがある。この法則に従うと、組織のリーダは、いずれ全員が無能になってしまうかもしれない。三割打者でチームを牽引する名選手を、いきなり監督に抜擢するような場合を想像すれば良い。無能なリーダが現れるだけでなく、有能な働き手も失われるから、チームにとって大損失となる。

つまり、頭の使いどころが違う、ということだ。指示された問題を考えるのは、計算型の頭だし、解くべき問題を指示するのは、発想型の頭なのである。

もちろん、指示された問題を解くときにも、細かい発想が必要となる場合が多い。なにかトラブルがあって、従来の方法では解決できないときに、その場で応用がきく要領の良さが求められる。これを「臨機応変」というが、そういった仕事ができる人は多くはない。「今までと違っていたので、できませんでした」とあっさり問題を持ち帰ってくる人もいて、この場合、上司は「使えない人間だな」と部下を評価することになる。

決まった方法があって、それで問題が解決できるならば、その作業は単なる労働になる。この種の仕事は、昔は多かった。人間のほとんどがそういった労働に駆り出されていた。流れ作業と呼ばれた大量生産のシステムが、その代表的なものだっただろう。だが、今はそういった単純作業の多くはロボットが担っている。人間がする仕事ではなくなったのだ。

今後AIがさらに賢くなり、もっと複雑な処理も可能になるはずで、ますます人間の労働が不要になる。結局、指示されてできる仕事は、すべて人間の手から離れるだろう。それどころか、問題を見つけて、指示を出す側にも、AIがいずれ進出してくる。近い将来、そうなってくるものと考えられる。

「雰囲気」のわかる頭

さて、「臨機応変」とは、想定外のもの、今までになかったもの、知らなかったものを解決する能力のことであり、これは人間の発想によるところが大きい。これまでにないものは、コンピュータでも学習ができない。人間にはどうしてこれができるのか。

一つの理由は、無関係なものを結びつける「連想」という思考があるからだろう、と考えられている。無関係なものは、無関係なのだから、ＡＩは連想しない。人間にそれができるのは、無関係だときっちりと割り切っていないからだ。

人間の認識は、物事をぼんやりと捉える。たとえば、人の顔や、声などの識別でも、ぼんやりと把握している。その証拠に、よく知っている人の顔でさえ、目の前にいなければ特徴がしっかりと述べられない。似顔絵を描くことだって難しいだろう。逆に、相手がどんな表情をしていても（たとえば、口を大きく開けて笑っていても、顔をしかめて泣いていても）その人だと識別できる。十年振りに会っても、本人かどうかわかる。コンピュータの顔認識は、非常に厳密なデータ処理をして実現しているものの、顔を大きく歪めた一枚の写真では、識別できない場合が多い。

人の声を機械的に真似ても、しゃべり方が違う。コンピュータが即座に人の声を真似ても、本人に成り済ますことは難しい。ちょっとした間、口癖もある。それ以上に、話をしているときの表情、仕草も独特で、そういったものをぼんやりと人間は認識して、人を区別しているのだ。似ている人だからといって、話をしても気づかない、ということはありえない。

その場のぼんやりとした印象のことを示す「雰囲気」という言葉がある。たとえば、あの場所の雰囲気が、なんとなくいつもと違っている、ということがある。何が変わったのかわからないが、違和感を抱く。そこで細かく確かめていくと、照明の蛍光灯が新しくなっていた、といった原因に突き当たる。蛍光灯の色が、そういえば違う。それを人間は瞬時に、「いつもと違う」と感知することができる。

また、「あそこと雰囲気が似ている」というように、類似性を感じることも多い。それは風景だったり、場所だったり、あるいは絵や人間、人間関係だったりと、さまざまな要因に及ぶ観察であり、映像的なものに限定されない。「雰囲気」はかなり広範囲に使われる日本語である。

ぼんやりと把握したまま認識し、その認識のまま類似性を思いつく。そういった思考から、一見無関係なものを結びつけたり、他分野からの応用を思いついたりできる。

柔軟な頭の連想的思考

問題を見つける能力も、こういった全体をぼんやりと見る観察力によっているところが大きい。機械的なチェックというのは、見ていくポイントがあらかじめ定められていて、そこをつぎつぎと確認する作業だ。これは指示ができるし、コンピュータでも実現が簡単である。だが、予期せぬ異状を発見することはできない。予期できるポイントしか見ないからだ。

このような連想的な思考は、「柔軟な頭」によって実現するとよく語られている。柔軟とは、強固ではない、という表現で、嚙み砕いていうと、「拘り」のない思考のことである。

柔らかい頭は、条件が違っているものに対応し、その場で考え方を修正したり、これまでの手法や決まりに拘らず、新たなものを受け入れる姿勢を言い表している。

クイズやパズルなどでも、柔らかい頭を要求されるものがある。人間の思考は、一度通った道を通りたがる。舗装されていない道を車が通ると、通った箇所が窪《くぼ》み、轍《わだち》ができる。これが固まると、再びそこを通ったときに、車輪がその窪みに落ち込み、自在に動けなくなる。ちょうどこのような不自由さが、自身が一度考えた跡に発生するのだ。人間の脳は、上手く解決できたことに拘ろうとする。

轍に嵌り込む思考

僕は、ミステリィ小説を書いているので、物語で読者を引っ掛けるようなトリックを用いる。ミステリィの読者は、騙されることが快感になっているところがあって、大きなトリックを歓迎するものだ。最初になんらかのトリックに出合うと、ほかの作品でも、同じようなトリックが仕掛けられていると身構える。そういったことが、読者が作品の感想を書いたブログやTwitterで観察できる。同じ引っ掛けがあると考えることが、既にトリックに囚われている状況である。

マジックなどを見ているとわかるが、一度見せたトリックを、次には囮《おとり》に使い、別の方向でトリックを仕掛けている。これらは、轍に嵌り込む思考の習性を利用しているものといえる。

トリックがあるぞ、自分はそれを見抜いてやるのだ、と意気込む読者も多いのだが、この姿勢自体が既にトリックに拘っている。ミステリィを楽しむのではなく、自身が引っかかるか、それとも見抜けるか、という方向へ神経が向いていて、轍に囚われて、別の方向へ逸らされてしまっている状況に似ている（もちろん、それが悪いわけではない。個人の楽しみなのだから、轍に囚われることを楽しむ趣味だってありうる）。

臨機応変とは、いうなれば、自分の思考の方向性を常に自在に確保することであり、指向性のない自由な発想が生まれるコンディションを維持することが、重要となる。それには、自分が何を見ているか、何を考えているか、という自覚がまず必要であり、そのうえで、そうではないものへ目を向けるコントロールがなされなければならない。この「自覚」と「制御」が、自由の基本である。なにもしないで素直でいれば自由に発想できる、というのは、若い時期の天才だけだろう。

脳の運動神経

「自覚」とは、自身の現状を把握することだ。自分が今見ているもの、今考えていることを把握し、次にそれを「制御」する。そうではないものを見ようとし、そうではない考えを試す。じっくり見たいし、じっくり考えたい、というのが自然かもしれないが、そこを自制して、視線を移し、思考を切り換えることで、本能的な執着から解放される。

ある意味で、それは「落ち着かない」状況を招くだろう。意図的にきょろきょろし、わざと散漫な思考を行うことだからだ。しかし、そうでもしないと、いつまでも見てしまい、いつまでも同じことを考えてしまう。それが結局は、大部分を見逃し、狭い視野の思考となる。

なにかに「集中する」と、周囲が見えなくなる。かといって、ぼんやりと全体を見ていたのでは、やはり見逃すものが多い。たとえば、自動車の運転をしているときに、一点に集中してじっとある点を見るのも危険だし、かといって、ぼんやりと全体を見て、焦点が合わない状況も危険である。運転に要求されるのは、視点をつぎつぎと移し、できるだけ多くのものを見ていく（スキャンする）ことであり、そのつど、何が危険か、次に何が起こるか、という思考を保持することである。要求されるのは、運動神経とはまた別の能力であり、いわば脳の運動神経のようなものといえるだろう。

入念なチェックをする頭

このように書いてくると、多くの方が、「なんか疲れそう」「面倒なことはしたくないな」という感想を持たれるのではないか、と想像する。たしかにそのとおりで、疲れるし、面倒なことである。ただ、できるだけ拘らずにいることで、考える癖がつき、いちいち想像し、連想し、問題を見つけるような姿勢ができてくれば、これまた人間の習性というもので、それをやりやすい頭が育ってくる。つまり、順応する。毎日走っている人は、疲れにくくなるし、面倒だとも感じなくなるのと同じだと思われる。

僕の場合は、研究者だった二十数年間で、そんな頭になったように思う。研究者というのは、いつもなにかを疑っている。どうしてかというと、自分以外に誰も疑ってくれないからだ。自分がやろうとしていることが、世界唯一のことだから、周囲からは理解というものは当然ないし、また間違いを指摘してくれたり、助言してくれたりといったことも期待できない。自分が正しいのかどうかは、常に自分で疑ってかかるしかないから、なにごとに対しても慎重に進めるようになるし、これでもかというほど疑ってかかる癖がつく。

たとえば、単純な計算間違いをしたら、その結果を信じて、どんどん先へ進むことになる。最初の計算が間違っていたと気づくとしても、沢山の時間が消費され、大損をするのは自分である。僕は、生まれながらのうっかり者だから、自分の行動を何重にもチェックして、絶対に間違いがないという確認をしないと、先へ進めない。

思考はとても自由で、どんどん連想し、はてしなく広がっていく。その中で、ヒントになるようなものを思いつき、それが問題を解決するために使えるかもしれない、と考える。でも、本当にそうなのか、やってみないとわからない。それが研究だ。しかし、やってみるのは自分だし、研究予算は限られている。実際に試すためには資金が必要だが、考えることはただだから、ただのものをできるかぎり使って、入念にチェックをし、これならいけるというレベルにならないと試さない。それでも、試してみて成功する確率は低い。そういう試行錯誤で進んでいくのが研究というものである。

小説家に必要なのは臨機応変さ

その後、ひょんなことから、僕は小説家になった。小説なんか書いたことがなかったので、最初はいろいろ考えて、プロットを決めて、それに沿って文章を書いていった。これが処女作になった。しかし、書いてみて感じたのは、執筆のプロセスが面白くないことだった。どうしてかというと、決められた線路の上しか走れない不自由さを感じたからだ。書いている途中で沢山のことを思いついたけれど、それはその作品には取り入れることができない。もうプロットが決まっているからだ。だから、次の作品で活用するしかない。そう思いながら書いていたから、書いている作品に気持ちが入らない。

そこで、次からは、プロットを決めないで書くことにした。誰が犯人かも決めない。物語がどのように展開するかも決めない。とにかく、書きながら考えよう、と思ったのである。

結果的に、この執筆方法が大変自分に合っていることがわかった。以後、すべての作品を、この「行き当たりばったり」方式で書いている。なにもない真っ白な状態で書くことにして、書きながら思いついたことを、できるだけ素直に活かすように努めている。

つまり、これが「臨機応変」だと思う。小説を書いている途中は、まるで現場にいるような臨場感がある。その場で、自分はどうするのか、何を見るのか、どう考えるのか、と頭が回る。それと同時に、数々の可能性を思いつき、その中から面白いものを瞬時に選んで先へ進む。そこにあるものを使い、似ているものを活用し、まるで関係がないものを連想し、それらの意味を考え、応用していく。つまり、拘らずに自由な発想に任せて書くほど、予想外の展開になるし、自分でも驚くようなものが出来上がることがわかった。

じっくりとプロットを考え、それに沿って組み立てていく行為は、いわば計算のような作業である。間違うことなく進めば、予定どおりの結果が得られ、まとまりのある作品が書けるだろう。もともと、ミステリィとは、このようにして作ることに向いている、と僕は考えていたから、それを最初に試してみたのだ。

ただ、書きながら感じたことは、プロットを考える段階では、現場から遠く、見通せないものがあるし、細かいディテールまでは決められない。人間の頭は、土壇場《どたんば》にならないと発想しないのかもしれない。物語の進行中、まさに現場で今、目の当たりにしてこそ思いつくものがある。それを活かした方が、はるかに面白いものにできる、と確信した。

結果的に、早くこれに気づいたことが、僕の小説家としての寿命を延ばしたのだろう。重要なことは、このように発想して書いたものは、計算して書くことでは真似ができない、という点である。他者が真似できないもの、すなわちオリジナリティが、創作者の最大の武器になることはまちがいない。

少しは拘った方が良いときもある

一般に、計算できるものは、時間さえかければ誰でも到達できる。才能によって、計算速度が違っていて、速い人ほど仕事ができるように見えるけれど、これはそれほど大きな差にならない。時間を使い、努力をすることで、わりと簡単に挽回できるし、また複数で協力することで同様の成果を挙げられる。しかし、発想で進める作業は、発想がない場合には速度がゼロとなるし、それを入れないで創られたものは、魅力がなく、個性がない。計算で創られたものは、もっと沢山の計算で創られたものに負けてしまう。その競争をするうちにコストパフォーマンスで仕事が成り立たなくなるのである。

今は、たまたま小説家という仕事を取り上げたが、今後、人間が担う仕事は、このような創作的なものが主流になるはずだ。ほとんどの人がクリエータになるのが、ビジネスの将来像である。そんなにさきのことではない。

結局のところ、「なにものにも拘らない」が目指すものとは、この「臨機応変」である。

細かいことに拘らず、大雑把に考え、ぼんやりと想像する。しかし、思いついた発想を元に、それを緻密に、そして丁寧に実行していくことも、当然ながら必要である。これは、わざわざ書くまでもないことだが、念のために注意を喚起しておこう。「拘らない」からといって、なんでもOK、みんな好きにやって下さい、とばかり、ごろんと寝転がっているだけでは、「拘らない」に拘っているだけで、なにも生まれない。

自分を活かすことには、少しくらい拘った方が良いかもしれない。ときどき拘る。でも、ほとんど拘らない。

その切換えは、臨機応変に。

あとがき

拘ると本質を見失う

拘らないことについて書くのは、けっこう難しい。何故かというと、そもそも拘るから文章が書ける。作家は、なにかに注目し、じっと見据えて考える。その対象に感情移入して、言葉を絞り出す。その一時は、つまり、書いている最中は、それに拘りつくすことになる。

なにものにも拘らないためには、完璧に放心するのではなく、ときどき拘るしかない。そうしないと矛盾を招く。そこで、「大らかにだいたいの方向を目指しましょう」という表現になる。そうすることで、目標や行動を、やや曖昧にして矛盾を回避する。

本書でも、ときどき霞《かすみ》がかかったように、煙に巻かれたように見通せなくなる感覚を、賢明な読者は抱かれたのではないか。書いている僕がそうだったので、その印象は的《まと》を射ている。「印象が的を射る」は、変な表現かもしれないが、まさに、そのとおり。矢のような一点集中のものでは、この問題を射落とすことは不可能なのである。

物事の本質とは、一点にあるのではない。本質を突く、と言葉ではいっても、針を刺すような行為ではまったくない。むしろ対象から離れ、全体をぼんやりと眺めるときに見えてくる「的」なのだ。

そういう意味では、「拘り」は針で刺すことだし、「拘らない」とは、本質を捉えることだといえる。もう少し嚙み砕くと、本質を捉えるためには、拘らないことが一つの手法になる。

拘らないとは、客観の一手法

本質を把握することが、有意義な思考、有益な発想の基本である。見かけの装飾に惑わされず、ものの本質を見据えた者には、目の前の問題を解決する道筋も見えてくるだろう。この状況を実現するためには、一つの方法が有効なわけではない。数々の視点から眺め、無数の手法を思い浮かべ、あらゆるシミュレーションを行ったうえで、それらを加工し、組み合わせ、最善の道を作ることになる。

そして、その道を進む一歩一歩においても、常に多視点の観察と、客観的な評価によって、自身の歩みを見守り、必要があれば修正しなければならないだろう。

拘らないことは、結局は、この多視点とそれによる客観の一手法だということだ。ほかにも手法はいろいろあり、その中の一つにすぎないことも忘れてはいけない。

道とは、そもそも幾つかある道の一つだから、道なのである。その道しかなければ、道とは呼ばれない。また、道だけが進める場所でもない。道以外にも歩けるし、進む場所が、のちのち道になるというだけである。

試す価値がある一手法

僕の人生は、まだ六十年ほどであって、まったく未熟である。今考えていることが、正しいのかどうかなんて、全然わからない。保証はできない。若いときには、僕は拘り屋だった。それが、三十代後半から、拘るのを意識してやめることにした。そのおかげで、とても沢山のものが得られて、人生は好転した、と思っている。だから、拘らなくて良かったな、と思うようになったのは、つい最近十年ほどのことだ。

そういう意味でも、万人に適用する手法ではないし、万能のノウハウでもない。試してみる価値のある一つの手法、「一度試してみてはどうか」というおすすめの道、といった程度だと思っていただきたい。

座右の銘として、「なにものにも拘らない」と決めて二十年ほどになる。その当時には、これで成功したら、誰か達筆な人に書いてもらい、壁に飾ろうと考えたが、今はそんな恥ずかしいことはご免だ、と思っている。僕は墓に入らないので、墓標に刻むというものでもない。それが、なにものにも拘らない人間に相応《ふさわ》しいだろう。

本書は、二〇一九年三月にＰＨＰエディターズ・グループより刊行された作品である。

著者紹介
森 博嗣（もり　ひろし）
1957年愛知県生まれ。小説家。工学博士。某国立大学の工学部助教授の傍ら1996年、『すべてがＦになる』（講談社文庫）で第１回メフィスト賞を受賞し、衝撃デビュー。以後、犀川助教授・西之園萌絵のＳ＆Ｍシリーズや瀬在丸紅子たちのＶシリーズ、『φ（ファイ）は壊れたね』から始まるＧシリーズ、『イナイ×イナイ』からのＸシリーズ、『彼女は一人で歩くのか？』から始まるＷシリーズ（講談社）がある。ほかに『女王の百年密室』（講談社文庫）、映画化されて話題になった『スカイ・クロラ』（中公文庫）、『トーマの心臓 Lost heart for Thoma』（メディアファクトリー文庫）などの小説のほか、『森博嗣のミステリィ工作室』『森博嗣の半熟セミナ　博士、質問があります！』（以上、講談社文庫）などのエッセィ、ささきすばる氏との絵本『悪戯王子と猫の物語』（講談社文庫）、庭園鉄道敷設レポート『ミニチュア庭園鉄道１～３』（中公新書ラクレ）、『「やりがいのある仕事」という幻想』『夢の叶え方を知っていますか？』（以上、朝日新書）、『孤独の価値』（幻冬舎新書）、『人間はいろいろな問題についてどう考えていけば良いのか』（新潮新書）など多数。

ＰＨＰ文庫　なにものにもこだわらない

2020年3月26日　第1版第1刷

著　者　森　博　嗣
発行者　後　藤　淳　一
発行所　株式会社ＰＨＰ研究所
東京本部　〒135-8137　江東区豊洲5-6-52
ＰＨＰ文庫出版部　☎03-3520-9617(編集)
普及部　☎03-3520-9630(販売)
京都本部　〒601-8411　京都市南区西九条北ノ内町11

PHP INTERFACE　https://www.php.co.jp/

編集協力
組　版　株式会社PHPエディターズ・グループ

印刷所
製本所　図書印刷株式会社

ISBN978-4-569-90003-2

PHP文庫

本の読み方

スロー・リーディングの実践

平野啓一郎 著

作家が読むと、本はこんなに面白くなる！速読コンプレックスを持っていたという著者が、読書法について実践的な手法を綴った一冊。